U0046022

GOBOOKS
& SITAK
GROUP©

仐三 著

高寶書版集團

卷四．餓鬼迷霧㊦

我當道士那些年

目錄

第三十七章　來人(1)

在家的日子溫暖又愜意，有一天無意中去秤體重，發現自己竟然長了五斤那麼多，從秤上下來的時候，我媽樂得臉上都開花了：「我家傻兒子終於胖了。」

我很瘦嗎？其實我不胖，但也說不上是瘦弱吧？有些好笑跟我媽說：「媽，妳這是在養大肥豬呢？一長肉，妳就高興。」

「亂說啥啊！男娃兒就是要壯實點才雄得起（厲害），嗯，才有小姑娘喜歡。」我媽笑眯眯的。

我則一頭冷汗，我才多大啊，我媽就念叨著小姑娘喜歡啥的了。

我大姐在旁邊哈哈大笑，說道：「媽啊，妳就開始操心三娃兒的婚事了啊？又不是古代人。」

我二姐斯斯文文地在旁邊說：「這不能怪媽啊，妳看三娃兒一天到晚在山上待著，就快成原始人了，連《少林寺》都不知道。」

我有些汗顏，因為我把在路上聽歌兒的事情跟我家裡人說了，主要是那歌太好聽了，結果就被笑了。

而且我家裡人還很憤怒，我媽當時就拉著我說：「走，三娃兒，媽上街給你買條牛仔褲去，我們家現在比上不足，比下有餘！一條牛仔褲算啥？」

然後，我媽當真給我買了一條牛仔褲，而我大姐，二姐領我去看了一場《少林寺》。

其實我很想辯解的，我有看電影，非常偶爾的情況下，會跟著師傅去到鎮子上，我也會去看看電影的，只不過那鎮子距離縣城都那麼遠的車程，可見有多偏僻，實在是《少林寺》還沒在那邊上映。

街上的陽光耀眼，我也不和正在調侃我的家裡的三個女人爭辯，抬頭瞇眼望著陽光，就覺得一種淡淡的幸福洋溢在心間，家裡的日子真的很好。

不用我做飯，我媽恨不得把飯端到床上去給我吃。

不用我自己洗衣服，我大姐二姐搶著給我洗，就覺著我在山上的日子苦，和她們不能比。

甚至上個街去晃悠一下，我爸都非得用自行車載著我。

五斤啊，這五斤肉應該是幸福的五斤肉吧！如果……如果師傅也在就更好了。

師傅在幹啥呢？餓鬼墓的準備工作完成了嗎？他要等的人等到了嗎？這一切的一切我一想起

來就很掛心。

「三娃兒，在想啥呢？走啊。」大姐挽起我的手，親親熱熱地拉著我走，我這才反應過來，剛才自己出神兒，媽和二姐已經走到前面去了。

今天是出來再置辦些年貨的啊，再過兩三天就是大年三十了。

我爸很遺憾不能跟著來，家裡早就計畫要開家新店子了，最近好不容易找到合適的門面兒，租下來之後，我爸忙著去粉刷啥的，捨不得請工人幫忙啊。

我笑了一下，就任大姐那麼挽著手，就這樣開開心心地走在街上，我大姐圍了個紅色的紗巾，穿了個紫色的太空服，我二姐穿了一件紅色的太空服，圍了粉色的紗巾，漂漂亮亮的，走在街上是那麼吸引人的目光。

看著我媽，也好像年輕了幾歲，而且還知道燙頭髮了，又想著高高興興為新店子忙碌的我爸，我發現我家的日子真的是越過越好。

這一切都要感謝我的師傅，那一年，我咋能忘記，和他去省城賣玉呢？

「三娃兒，慢點兒，啊啊，三娃兒，你等我跑進屋啊！」大姐的尖叫伴隨著「劈里啪啦」的鞭炮聲傳來，而我則拿著一枝點鞭炮用的香菸，站在巷子裡哈哈大笑。

大年三十了，吃團年飯之前，是要放個鞭炮的，而我大姐這人天不怕，地不怕就是怕放鞭炮！

難得看見我大姐這個樣子，我自然是很開心。

等鞭炮放完，大姐一下子蹦出來，扯著我的耳朵喊道：「要死啊，三娃兒，看我現在咋收拾你。」

「大姐，大姐，我錯了還不行。」我連忙求饒。

我和大姐的打鬧，惹得爸媽和二姐都大笑不止，就在這個時候，一聲吊兒郎當的聲音傳入了我們的耳朵：「收我這個老頭兒吃頓團年飯唄，看這天氣冷的。」

我一愣，轉頭一看，一個穿著破襖子，全身上下都是猥瑣勁兒的老頭正朝我們家的方向走來，那不是我師傅是誰？

我一蹦三尺高，立刻就朝著我師傅跑去，一下就蹦他身上去了：「師傅！」

「去去去，又不是大姑娘，不准靠近我，你以為你還是小孩子啊。」姜老頭兒一點面子也不給的，就把我踹了下來，我爸媽他們只管笑。

他們是真心喜歡我師傅，我師傅大年三十能來，他們也是真心高興，那麼多年來他的恩我爸媽不會忘記，原本我爸媽就是非常念恩情的人。

「姜爺爺。」我大姐二姐非常親熱地叫著姜老頭兒，姜老頭兒救過我二姐的命，又解決了我大姐讀書的事兒，我那兩個姐姐是很喜歡他的。

姜老頭兒一見我兩個姐姐就嘿嘿地樂了：「就是嘛，還是丫頭們乖，那臭小子一邊去，一邊去，嘖嘖……多水靈的兩丫頭啊。」

真是有夠胡言亂語的，我無奈地歎息一聲，這就是我師傅的本色啊！

「姜師傅，快進來，快進來……」我爸媽熱切地招呼著。

「等等，我必須說一件事兒。」姜老頭兒嚴肅了起來。

我爸媽最怕就是姜老頭兒嚴肅，一下子就認真起來，因為姜老頭兒一嚴肅，基本上就是神神鬼鬼的事情。

「原本是打算讓三娃兒待一個寒假的，不過呢，現在事情有變，大年初二我就得把三娃兒接上山去，就是這件事兒。」姜老頭兒有些不好意思地說道。

我爸媽卻同時鬆了口氣兒，雖說捨不得我，但這些年已經習慣我在姜老頭兒身邊學東西了，現在的我比起小時候簡直懂事多了，學習也好，他們能有啥不放心？

「就這事兒啊，接走吧，接走吧，這小子在家也不省心。」我爸挺「大方」的。

「沒事兒，這次他待了好些天了，接去吧，過幾天我們上山看他就是了。」我媽也挺「大方」的。

在姜老頭兒面前，他們出賣我是毫不猶豫的。

只有我兩個姐姐捨不得，姜老頭兒笑呵呵地說：「兩丫頭別捨不得啊，就跟妳媽說的，妳們上山來玩吧，怕是有大半年妳們都沒來過了。」

我爸媽在旁邊附和著，我兩個姐姐一聽就開心了，她們早就想上山了，無奈家裡忙，比如說新店子，比如說小賣部的生意要照看，她們就想著放假多幫幫我爸媽。

這些我爸媽都在附和著這事兒，她們能不開心嗎？

一頓團年飯吃得開開心心，雖然不是啥山珍海味，可是我卻無比滿足，這才是我理想中的團年飯，家人在，師傅在，我覺得我幾乎已經別無所求了。

姜老頭兒那風捲殘雲的吃相啊，我簡直就不想說了，他吃得最多，喝得也紅光滿面，吃完了還放鞭炮嚇我兩個姐姐。

幸好是我們家人瞭解他，要不然指不定以為是哪兒來的老瘋子。

大半夜過去後，我兩個姐姐累了去睡了，我爸媽也睡了，我睡不著，索性就去找住在另外一間房的師傅聊天，卻發現師傅神色怪異地坐在那裡自己喝著小酒，面前擺著我媽給他弄的兩個下酒菜。

這老頭真能吃啊，剛才團年飯他吃得不夠嗎？

「師傅，在想啥呢？」我一喊，姜老頭兒嚇了一跳，回過神來就拍了一下我腦袋。

「沒想啥，喝點小酒不成啊。」拍完之後，姜老頭兒氣哼哼地回答道，好像我的出現讓他很不爽。

「沒想啥？師傅……我咋覺得……你表情那麼怪異呢？就是！我想起咋形容了，就像，就像一隻黃鼠狼在想老母雞！」對的，我覺得我的形容無比準確，師傅那怪異的表情分明就是渴望啥的，但又不完全是。

「放你媽的……」姜老頭兒一下子就蹦了起來，一句粗話控都控制不住地蹦了出來，但估計想到不小心罵到我媽了，他又生生忍住了。

可是我就慘了，被他一把提到床上去，按住就是十幾個巴掌拍下來。

「說，誰是黃鼠狼？說，誰又是老母雞，老子今天不打死你這個不肖的徒弟！」

我被打得暈頭轉向，不明白一句玩笑話，咋引得師傅那麼大的反應。

姜老頭兒打爽了之後，這才整整衣服說道：「初二的早上，跟我去接人，接完之後我們就回山上去。」

我已經被打得思維不清了，有氣無力地問道：「師傅，接誰啊？」

「到時候，你不就知道了嗎？」姜老頭兒「哧溜」一聲喝下了一口酒，一副懶得理我的樣子。

我頂著一頭亂糟糟的頭髮坐起來，說道：「師傅，這個我可以不問，反正總能知道，你說情況有變，這是咋一個變化，你總得跟我說說吧？」

我師傅望了我一眼，又夾了一筷子菜塞嘴裡，最後才說出一句差點沒讓我憋死的話：「你猜？」

我猜？呵呵，我猜個屁啊，我連具體是啥事兒都不知道，還猜它的變化？我只恨自己咋不是命卜兩脈的人！

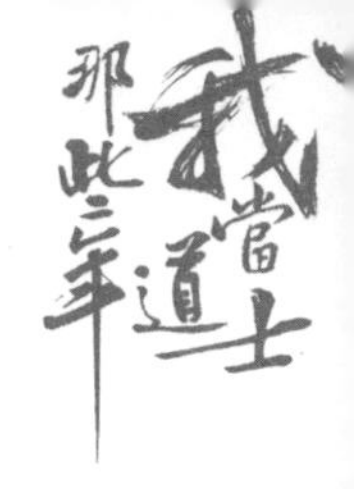

第三十八章　來人(2)

早春的清晨總是最冷的，誰不留戀溫暖的被窩？何況還是正該休息的春節。

可是初二這一天，一大早姜老頭兒就來當「鬧鐘」了，他帶著一種幾乎癲狂地急切對我吼到：「三娃兒，你要是再不起來，我就直接把你從被子裡拎起來了。」

我沒睜眼睛，嘟嘟囔囔地說道：「師傅啊，你不說了嗎？春節期間可以不做早課，這春節再咋也得算到初五吧？」

「嘩」的一聲，我身上厚實溫暖的棉被就被扯開了，伴隨著姜老頭兒如雷般的吼聲：「我說可以不做早課，可是我說過你可以賴床嗎？今天要去接人，接人！」

我一下子就被凍清醒了，睜開眼睛一看，差點沒被嚇瘋，這是我師傅嗎？

整整齊齊地梳了個偏分，鬍子刮得乾乾淨淨，身上穿一套整齊的中山裝，還裝模作樣地搭件兒大衣在手上。

其實我師傅樣子不醜，長得中規中矩，挺有威嚴的，打扮一番，根本就不像老頭兒，是介於老頭兒和中年人之間那種，無奈就是氣質太「猥瑣」了。

特別是現在，那副急吼吼的樣子，跟他這身兒打扮嚴格的不符。

「師傅，你這是要去接新娘子呢？」不不不，我不能接受這樣打扮的師傅，他還是穿個破襖子比較好。

姜老頭兒哼了一聲不理我，我心說還有老頭子梳偏分的啊，我那麼清秀一小哥兒，都是一瓦片頭呢。

我媽端著兩碗酒釀湯圓笑吟吟地站在門口，說道：「嘖嘖，姜師傅，這次我得跟你一起去接人，見你這身打扮是第二次呢，上一次都是多少年前了啊？那時三娃兒還是個奶娃娃呢。」

姜老頭兒哼哼了幾句，接過了酒釀湯圓就開始吃起來，我咋想咋覺得不對勁兒，我這師傅，我咋覺得他有些害羞呢？不會吧，不可能吧，他還能害羞？

「兒子，去把衣服穿上，那麼大個人了，一直穿條內褲像啥？」我媽在旁邊吩咐道。

「等等，秀雲，今天妳得把三娃兒收拾歸整點兒（整齊）。」姜老頭兒急不可耐地吞了一個酒釀湯圓，然後比手畫腳地指揮道。

我媽挺懷疑地望著姜老頭兒，憋了半晌才「驚喜」地憋出一句：「姜師傅，你是要帶我家三

娃兒去相親？」

「咳……咳……」姜老頭兒一陣兒狂咳。

我正在穿秋衣，聽我媽這話，手一扭，差點沒把自己給憋死。

姜老頭兒好不容易才停止了咳嗽，說道：「沒有，沒有，這娃兒現在那麼小，我不可能允許他想媳婦兒的。」

我好容易從秋衣裡「掙扎」出來，又在穿秋褲，姜老頭兒冒這一句，我差點沒被自己的褲子絆倒，我氣的啊，咋成了我想媳婦兒呢？我媽和我師傅是聯合起來準備謀害我吧？

「姜師傅，這三娃兒的婚事可是我的一樁心病啊，也不知道道士好找媳婦兒不，你得多留心啊。」我媽言真意切地說道，這是什麼媽啊，我才十五歲，十五歲！她就開始念叨起我媳婦兒的問題。

「開玩笑，我姜立淳的徒弟會找不到媳婦兒？再說我徒弟一表人才的，誰家小姑娘不願意就是瞎了眼，秀雲，這事兒妳可別擔心。」我師傅大手一揮，豪氣干雲的說道。

我媽立刻眉開眼笑的，說道：「呵呵，就是，我女兒那麼水靈，我兒子哪裡會差，我最愛給他打扮了，今天一定把他收拾歸整了。」

鬧劇，這絕對是一齣鬧劇！我差點沒被這兩個「狼狽為奸」的人給弄瘋。

大年初二的街頭有些冷清，我上身穿著一件灰色夾克，下身穿著一條牛仔褲，頭頂著我媽用她的髮膏硬給我弄出來的偏分頭，心裡一陣陣的抽搐。

我不習慣這樣的打扮，在我眼裡，就跟個傻子似的，偏偏我旁邊還站著一個老幹部似的姜老頭兒，和一個把紗巾圍在頭上，打了點兒口紅，穿著個碎花棉襖的我媽。

這樣是傻子三人行嗎？

路上偶爾遇見一兩個熟悉我媽的老頭兒、老太太，看見我們三這樣的打扮，就會怪異的盯一陣子，然後說：「秀雲，你們這是要到哪兒去趕親戚呢？」

然後再湊到跟前，神秘兮兮地問一句：「該不會是去成都吧？」

那個時候，省城有個親戚，在這個小縣城可是件非常了不得的事情。

我媽就哈哈一笑，得意地說：「在成都哪兒有親戚喲，我們這是去接個客人，我跟你說嘛，我兒子身上這件夾克倒是我在成都買的，你們曉得卅，我們要開服裝店子，去成都看貨的時候，我就……」

這種時候，姜老頭兒一般就會以咳嗽提醒我媽，該走了，該走了，然後我媽這時才會「戀戀不捨」地走人。

哎，一個急吼吼的，一個打扮得跟小白臉兒似的，一個囉哩囉嗦，八卦得得意洋洋的，這不

是傻子三人行是啥？

我們去的地方不是車站，而是縣城比較偏僻，快靠近郊區的地方了，那裡是一條大路，直通縣城外面城市的大路。

清晨的風冷颼颼的，我頭上的髮膏被風一吹，就覺得變得硬邦邦的了，跟頂片兒瓦在頭上似的。

我是萬般的不適，卻不敢說。

可我媽確是萬般地同情要來的人：「哎呀，姜師傅，到這兒來接人哦？這大春節的，趕個車吧，這走路多辛苦哦，不行，待會兒我得說，我來給車費。」

姜老頭兒用怪異的眼神看著我媽，然後忍不住一陣抽抽，卻不說話，我估計他又在玩神秘了。

等了將近半個小時，沒見啥人來，我媽那臉被吹得紅彤彤的，都快跟她那口紅一個顏色了，她不停在念叨：「哎，這走路要花多少時間啊，這還是坐車好啊。」

姜老頭兒呢？在路邊站得筆直，那件大衣搭在手上，就是不肯穿身上，這衣服啥時候是用來遮胳膊的了？我師傅是不是傻了？

我懷著這樣的疑問，無聊地蹲在路邊拔草玩兒，也就在這個時候，這條大路上傳來了汽車的聲音。

我沒啥反應，這個年代，汽車說多也不多，但是比以前的出現頻率就要多很多了，已經過去好幾輛車了，我沒覺得有啥稀奇。

可是我卻聽見師傅幾聲哼哼，那是從喉嚨裡擠出的怪異聲音，是那種激動又壓抑著的聲音，我好奇地抬頭一看，發現我那師傅腳都抖了兩下。

我媽狐疑地看著姜老頭兒，問到：「姜師傅，你是咋了？」

姜老頭兒結結巴巴地說道：「來……來了……」

我媽激動地轉頭一看，臉一下就紅了，迎面駛來的可是一輛紅旗轎車，我媽和我爸去過省城，轎車那是見過的，紅旗轎車也絕對認得，虧她剛才還要說給別人車錢，這不是丟臉丟到姥姥家了嗎？

我拍拍手，也無聊地站了起來，姜老頭兒是啥人，我是清楚的，我小時候就和他一起坐過北京吉普，現在這紅旗實在引不起我的震驚，我知道，如果我師傅願意，他也能坐這車。

車子停在了姜老頭人的面前，一停穩，一個男人就急吼吼地下來了，這個男人我認得，就是上次來抓餓鬼的十幾人中的一個。

「姜師，人總算帶到了，任務完成了。」那男人極其恭敬地說道，看得出來挺崇拜我師傅的。

這種情況，換我師傅平時肯定就懶洋洋地嗯一聲，然後嬉皮笑臉地說句「小子，不錯，不錯啊」。

今天他卻分外威嚴認真，官腔十足地一把握住別人的手，親切地說了一句：「辛苦你了。」

看得我嘴角一陣抽搐，這是在唱哪齣？

「小一，去把車門打開，讓人家下來。」姜老頭兒一本正經又帶著親切地跟我說道。

小一？小一！小一叫誰呢？

我有點反應不過來，傻乎乎地看著姜老頭兒，姜老頭兒一急，朝我一瞪，我才知道小一是叫我，我差點全身抽筋了，我師傅他是不是得神經病了？

可就在這時，後車門一下子就開了，一個老太太的聲音從車裡傳來：「姜立淳，我還沒老，需要一個小孩子為我開車門嗎？」

我轉頭一看，一個十分有氣質，眉眼透著一股慈和的老太太從車上走了下來，那大眼睛，那周正小巧的鼻子，一看年輕時候就是一個好看的女人。

估計我大姐，二姐都得比不上別人年輕時候吧？

我這人對女孩子沒啥概念，唯一能用在讚美女的身上的詞兒，就是好看了，沒辦法。

這時，一個脆生生的聲音在老太太身後響起：「邁邁（感歎詞），奶奶，妳說這個個個（哥哥）特（他）是不是傻呢，頭髮是咋個呢哦。（頭髮是怎麼了）。」

「師傅，那小女孩她說啥？」我聽不懂那小女孩的方言，看我看得懂她那嘲笑的眼神，我忍不住問起師傅來。

「小一，小丫頭說的是昆明話，她說你頭髮不好看。」姜老頭兒親切溫和地對我說道。

小一！頭髮！我覺得我想去撞牆！

第三十九章　凌如月

紅旗車開走了，留下了一老一小兩個女人，我一點都不關心她們長什麼樣子，心裡就只有一件事，頭髮！

「師傅，我先跑回去！」我終於下定了決心，望著我師傅說道。

可是，我師傅還沒搭腔呢，我就聽見一個脆生生的聲音。

她這樣說道：「你給是要回去洗頭？」

我那個憤怒啊，狠狠地瞪了她一眼，可是我媽卻在一旁笑眯眯地說道：「哎呀，好乖的小姑娘啊，比我家兩個丫頭還要水靈啊，嘖嘖……」

然後我師傅也說道：「小一，一起走回去，不好嗎？」

我心裡毛毛的，懶得理這一群人，轉身自己跑了。

身後還傳來我媽的聲音：「過來，阿姨牽著妳走，不要理我那兒子，從小就跟傻子似的，一點都沒兩個姐姐省心。」

「就是，這徒弟不省心啊。」我師傅也不忘插一腳。

我覺得那時要有淚奔這個詞兒，是最能形容我當時的狀態了，這大春節的，這一大早的，我是招誰惹誰了？

在家洗完頭，我在兩個姐姐那裡找安慰，我覺得我不是一個小氣的人，可那小姑娘一下車，我就感覺我特別討厭她，那是一張什麼樣的嘴啊，說出來的話那麼討厭。

我大姐攬著我肩膀說：「三娃兒，沒事兒，等下大姐幫你訓訓那小丫頭。」

我二姐在旁邊也說道：「三娃兒，不氣了，二姐知道三娃兒最乖。」

我已經完全被當做小娃兒那樣被哄了，可是我當時完全沒感覺，非常憤怒地說道：「我媽還說那小姑娘好乖，比妳們都水靈，我媽是叛徒！啥眼光。」

「哈哈哈……」我大姐當時憋不住就笑了。

我二姐也微笑著拿過一張毛巾幫我擦著未乾的頭髮，我不懂她們笑啥，就是心裡覺得委屈至極。

就在我們三個說話間，巷子裡傳來了喧譁，我大姐「哎呀」的一聲就跑了出去，然後說道：「二妹，快出來看，媽她們回來了，爸都接出去了，唉喲，那小姑娘好乖啊。」

我二姐應了一聲，趕緊地跑出去了，我一怒，吼道：「不許她來我們家吃飯，大姐，二姐，妳們都是叛徒。」

我大姐才不理我，就在陽臺上回了句：「三娃兒，你別那麼幼稚，好不好？」

我幼稚？大姐竟然說我幼稚？我一向很懂事兒的啊，我忽然覺得自己像一隻鬥敗的公雞。回山上了，做晚課的時候我的心情都還非常的鬱悶。

感覺我周圍的人咋都那麼喜歡那個叫凌如月的小姑娘呢？我爸喜歡，我媽喜歡，我大姐二姐喜歡，我師傅更是寵著她。

我就感覺那小姑娘的奶奶對我稍微喜歡一點兒。

她奶奶人不錯！

特別是我媽，絕對的討厭啊，我們是吃了中午飯才回山上的，在吃飯的時候，我媽就一直在說：「好乖好乖的小姑娘啊，我都想給三娃兒定個娃娃親了，不過，我們三娃兒配不上人家啊。」

真是丟臉死了，娃娃親？配不上？我媽還有啥話說不出口？幸好別人奶奶還是喜歡我的，說了一句：「立淳的徒弟就是妳兒子，還是真不錯的，妳可別謙虛。」

一套十二段錦打下來，我出了一身熱汗，剛準備拿毛巾去擦，冷不丁就看見在我放毛巾的檯子旁邊，有一個小小的身影。

仔細一看，原來是凌如月那個傢伙正坐在那裡，歪著腦袋看著我，我不理她，因為她吃飯的時候，故作天真地問了十二次我頭髮的問題，惹得全部人都在笑我，她故意的，這仇結大了，我一點兒都沒理她的理由。

「邁邁，你打的什麼東西？給是在跳大神？」見我冷著臉去拿毛巾，那丫頭開口說話了。

「聽不懂妳說啥？」我聽不太習慣昆明話，反正也不想理她，乾脆就藉口聽不懂。

這小丫頭就是故意針對我，吃飯的時候，一口普通話說得可溜了，只是偶爾一和我說話，就開始說昆明話了。

「我說奶奶和姜爺爺在說事情，我好無聊，你陪我玩好不好？」那小丫頭很天真地對我說道。

其實說實在的，她眼睛很大，而且水汪汪的，讓人不忍心拒絕，可是我就是討厭她，非常生硬地拒絕了：「不行，我還有很多事情要忙，沒時間陪妳。」

「哥哥，我覺得你好笨吶，昆明話都聽不懂，那我要說苗語，你一定也聽不懂了，是不是？」非常天真的語氣，非常純真的眼神，但話裡的關鍵，是在說我笨。

我一股無名火起，指著凌如月說道：「一邊去，別煩我，別以為妳眼睛大點兒，皮膚白點兒，人人都誇妳乖孩子，我可是一點兒都不喜歡妳。」

凌如月嘴巴一撇，一雙眼睛一下子就霧濛濛的，那樣子就快要哭出來了，我一下子看得於心

不忍，乾脆扭過頭去，對這小丫頭可不能心軟，不知道為啥，我一見著她，就覺得必須得防著點兒。

沒有預料中的哭聲傳來，只見凌如月一下子就站了起來，走到我跟前，在我手裡的毛巾上使勁拍了兩下，似乎是在打我的手，然後說道：「你是壞哥哥，我不理你了。」

說完，轉身就跑了，但沒跑到兩步，又跑回來，在我腰上，手臂上使勁打了兩下，這才又跑開了。

我拿著毛巾擦著身上的汗，心想這小姑娘可真夠神經的，說兩句就打人了，虧我剛才還差點同情她。

師傅在和凌如月的奶奶說事情，今天晚上的晚課我已經做完，看來也等不到師傅為我熬香湯了，我準備自己燒點兒水去洗澡，師傅還沒教過咋熬香湯，我不會那個。

走到廚房，爐子上，我的藥膳還在燉著，「咕咚咕咚」地冒著香氣，我拿來鍋子，放在另外一個爐子上，正準備舀水進去燒水，卻覺得身上癢癢的，低頭一看，無奈了。

啥時候我身上爬了那麼多螞蟻啊？

這山上蛇蟲鼠蟻很多，師傅說過我們竹林小築的竹子是經過了特別處理的，就是叫小丁的師傅，吳老頭兒幫著處理的，至於咋處理的，我不知道，那是別人的看家本事，但是我知道那是非常有效果的。

至少我在山上住了那麼多年，竹林小築內幾乎連蚊子都很少有，而且師傅還常常在這竹林小築周圍灑一些老吳頭兒配的藥粉，更是效果出奇地好。

這螞蟻哪兒來的？

不過，我也沒多想，脫下衣服把身上的螞蟻抖掉，又看了看，褲子上也有不少，無奈，又如法炮製地把褲子上的螞蟻也給抖掉了。

再回頭一看，凌如月那丫頭就躲在不遠的門口處看我，我臉一紅，衝她吼道：「小丫頭不知羞啊？沒看見我要洗澡嗎？」

凌如月不說話，望我一眼，轉身跑了，我也懶得想那麼多，乾脆把衣服褲子搭在一處，專心地燒水。

可今天就是奇了怪了，我燒水的過程中，不時地就有螞蟻往我身上爬，開始我還有耐心一隻隻地彈開，到後來那螞蟻是一片片地來，我就乾脆就一片片地拍，可說啥也阻止不了牠們前赴後繼地往我身上爬！

莫非我身上有蜂蜜？說起來，中午是吃了一些甜食，難道落身上了？

這時候，水燒開了，我決定趕緊地洗個澡，身上洗乾淨了，這些討厭的螞蟻也就不會來了，

回頭得給師傅說一聲去，得重新弄藥粉來灑灑了，這竹林小築的藥粉，估計快沒效果了。

再次把身上討厭的螞蟻拍乾淨，我簡直是飛速地在我平常泡澡的木桶裡加著水，待到水溫合適以後，我迫不及待地就跳了進去。

溫暖的水一下子就包圍了我，我也長長地吁了一口氣兒，這下洗乾淨了，應該就沒事了。想起來今天還真累，一大早被扯起來接人，吃晚飯匆匆忙忙地回來，然後功課還得做，在溫水的作用下，疲憊的我又開始在木桶裡打起瞌睡了，以前就是這樣，我常常泡香湯，泡著泡著就睡著了，師傅總是點著旱菸，在一旁守著，等到一定的時候再把我叫醒，我習慣了。

只是這水在今天有一種怪怪的味道，但是很淡很淡，幾乎聞不出來，不過這也不足以引起我的注意，就這樣，我在木桶裡習慣性地睡著了。

第四十章　悲慘日子

「啊……師傅！師傅！」當我醒來，看見自己處境的時候，這就是我的第一個反應，開始鬼哭狼嚎起來。

確切地說，我是被癢醒的，睡著睡著就覺得自己臉很癢，我忍不住去抓，然後去拍，就這樣生生的把自己給拍醒了。

才醒的時候，我還不太清醒，沒意識到啥，可等到我下意識地攤開自己的手一看時，我頓時覺得自己要瘋了，一手的螞蟻啊。

我臉上還在癢，我想用水洗洗，可是我低頭一看，我泡澡的大木桶裡，那水面上，黑乎乎的一層，不知道死了多少螞蟻在上面了。

我有些驚慌地低頭四處一看，這地上好多，好多，多到我頭暈眼花的螞蟻在努力地朝著我的木桶裡爬！

這些螞蟻是想把我吃了嗎？

這麼詭異的事情，簡直詭異到超過了餓鬼蟲，我沒有辦法，只能聲嘶力竭地大喊師傅了。

山上安靜，我這喊聲傳出了很遠很遠，結果第一個跑來的竟然是凌如月這個小丫頭，我原本是想要站起來的，結果看到是她，一下子就坐了下去，只留一個腦袋在水面上，喊道：「妳來幹啥？」

「活該。」凌如月朝著我吐了一下舌頭，竟然蹦蹦跳跳地跑了，那背影還真是快活啊。

我氣得太陽穴都在跳動，我忽然想起了她那詭異的舉止，在我毛巾上拍，又在我身上拍，難道是她？

師傅說過，這世上法術不知凡幾，就連我們道家，每一脈都有自己獨特的法門，出了中國，還有南洋術法，在西方也有自己的法術系統。

只是那邊的科技發展太快，他們那邊的神職人員懂純正法術的越來越少，反而更偏向於開發人體的各項潛能，就比如特異功能什麼的。

就在我胡思亂想的時候，我師傅來了，凌如月的奶奶也跟著來了。

我師傅一下子就看見了滿地的螞蟻，表情又怪異又無奈，凌如月的奶奶神色卻比較嚴肅。

我師傅無奈地笑了笑，轉頭對她說：「凌青，妳的孫女怕是想把我這裡變成螞蟻窩啊。」

了。

原來凌如月的奶奶叫凌青，咋孫女和奶奶一個姓啊，可我沒辦法管這些，這螞蟻又爬上我臉

凌青奶奶不說話，只是神色嚴肅地走到我面前來，也不知道她怎麼出手的，總之我就聞到一股味兒，然後那些螞蟻就不往我這兒爬了。

「我去找如月。」凌青奶奶丟下這句就準備走。

而我師傅神色怪異地看著她，忽然說了句：「如月這小丫頭不和妳一樣嗎？當年我肚子疼得，那叫一個死去活來啊。」

凌青奶奶瞪了我師傅一眼，轉身走了。

這時候我師傅才嬉皮笑臉地走到我跟前來，說道：「三娃兒，滋味兒好不？」

「等我起來，我一定得用道術教訓教訓那個丫頭。」我咬牙切齒的，我又不是傻子，從這對話中我就知道，今天我的遭遇是凌如月這丫頭幹的了，可是我確實是不懂她是幹啥的，用了啥法門害我。

「教訓別人？就你那三腳貓的把式？如果你不想更痛苦，這事兒就算了吧。」姜老頭兒斜了我一眼，那表情實在可惡。

「難道她學的就比道術厲害？」我是真的不服氣。

「呵呵，她學的蠱術，入門很容易的，至少一些入門的東西很容易，不像我們要辛苦的修行，累積功力，至少你現在就死了這條心吧。」姜老頭兒不鹹不淡地說道。

蠱術？我身上起了一串雞皮疙瘩，忽然就想起了那餓鬼蟲，就是蠱術高手培育的，簡直……

再想想我剛才的遭遇，我決定君子報仇，十年不晚。

「師傅，她咋讓螞蟻找上我的？」我還是很好奇一點。

「蠱術這種事情，我不算太精通，但那小丫頭的把式，我還是知道的，她現在可沒啥功力，下蠱都是最低級的方式，往你身上拍點啥，螞蟻不就來了？比如你身上有蟻后受到威脅後，散發出來的強烈氣味兒？」姜老頭兒忽然就笑瞇瞇的，看那樣子頗有些幸災樂禍啊。

我不說話了，忽然覺得這蠱術挺佔便宜的，只要知道其中的關鍵，誰都能用，我現在還是不要輕舉妄動了。

當然，在後來的後來，我才知道我對蠱術的認識在當時是多麼的幼稚。

「師傅，你看我都這樣了，你給弄個香湯，好不好？」既然報仇無望，先占個便宜再說。

「臭小子！」我師傅笑罵道。

竹林小築的大廳裡，我、我師傅、凌青奶奶、凌如月就在這裡。

師傅和凌青奶奶自然是坐著的，我頭髮還在滴著水，挺得意地站在凌如月的旁邊，而那小丫頭噘著嘴，一臉的不服氣。

「如月，如果再有下次，妳身上的東西我就會給妳收了，妳忘記規矩了嗎？」凌青奶奶訓著如月，我在一旁得意著，看吧，這就是大仇得報。

「奶奶，我不是故意的，是他先欺負我的。」如月小嘴一撇，一下子眼淚就掉下來了。

這下姜老頭兒不淡定了，一下子就心疼起來，對凌青奶奶說道：「我說妳就算了吧，小孩子說說就可以了。」

我心裡罵到，你對我是說說就可以了的嗎？你那鐵掌我可沒少嘗過。

接著，姜老頭兒又一把拉過如月，幫她擦眼淚，問她：「三娃兒咋欺負妳呢，姜爺爺幫妳出氣。」

如月做出一副非常懂事的樣子，說道：「姜爺爺和奶奶在談事情，如月就自己去玩，看見哥哥在練功，如月找哥哥玩，可是哥哥讓如月到一邊去，說如月就是眼睛大點兒，皮膚白點兒，他一點都不喜歡如月。」

我一下子就愣了，這小丫頭好厲害，三句兩句就把自己說得那麼無辜，雖然事情是這樣，可是怎麼經她一說，就變了味兒呢？

在姜老頭兒的保護下，凌青奶奶倒是不好多訓如月了，她只是很嚴肅地看著如月那副可憐兮

兮的樣子。

可是姜老頭兒一下子就朝我腦袋拍來，「啪」的一下我就結結實實地挨住了。

「三娃兒，你可是出息了啊，欺負一個十一歲的小丫頭，人家不乖，你乖嗎？你有本事也眼睛大點兒，皮膚白點兒啊，看你跟個猴子似的！」

我那個氣啊，繼我媽之後，我師傅又成了一名堅定的叛徒。

我惡狠狠地望著如月，這小丫頭挺能裝的啊，我一點都沒風度，我真想抽她！

「如月，妳要和三哥哥好好相處的，後天奶奶要和姜爺爺去辦一些事情，妳就和三哥哥在山上等著，妳還要三哥哥照顧妳的。」凌青奶奶的話無異於丟下一個重磅炸彈。

「咋可能，我要照顧她？」

「不要，我要和奶奶一塊兒去！」

我和如月幾乎同時說道。

姜老頭兒一拍桌子，就站了起來，對我吼道：「你敢不好好照顧如月，要我回來，如月少了一根頭髮，你就等著給我抄一萬遍《道德經》去。」

而凌青奶奶也只是淡淡地說道：「如月，如果妳這次不聽話，妳身上的蟲引，我會全部沒收的，包括妳的那些寵物。」

我不想屈服，我絕對要抗爭。

可是如月卻很小聲的說了一句：「包括我的花飛飛嗎？」

「嗯。」凌青奶奶很淡定卻很認真的樣子。

如月不說話了，可姜老頭兒卻有話要說：「三娃兒，人家小丫頭都那麼懂事兒，你要給我說半個不字，今天晚上就給我抄《道德經》去！」

「那飯誰做？」來一女的，總不可能叫我做飯吧？我十一歲的時候，可已經給姜老頭兒煮飯好些年了。

「你！」姜老頭兒都不帶猶豫的。

「衣服誰洗呢？」我快哭了，我還是抱著一點希望，俗話說分工合作嘛。

「還是你！」毫無感情的聲音。

我哭喪著臉，眼睛的餘光看見了如月那小丫頭，抿著嘴，帶著一副乖乖的微笑，可是那眼中分明就是得意啊！

事實證明我一點都沒有錯看她，在之後的幾天，我竟然被她「教唆」著，和她一起做了一件極度瘋狂的事情！

第四十一章　花飛飛

冬季的雨，總是下得綿綿密密，整個竹林籠罩在一片雨霧之中，看起來整片山都朦朦朧朧的。

竹林小築的長廊上，我和凌如月坐在桌子跟前，大眼瞪小眼，氣氛十分僵持。

「我最後說一次，妳吃不吃？不吃我不會管妳了。」我簡直要瘋了，師傅他們一早就出發了，去了餓鬼墓，就剩下我和凌如月，臨走前師傅交代我要好好照顧凌如月，我不敢不做。

所謂的照顧就是給她做飯，看好她，當然如果師傅他們去的久，我還得洗衣服。

雖然我認為就是一個墓，師傅他們不會去多久，可是跟這小丫頭待在一起實在太難受了，中午辛辛苦苦做頓飯，她竟然吃了一口，就很嫌棄，不吃！

凌如月望著我，說道：「我不吃，比起奶奶做的，你做的太難吃了，連金婆婆做的都比你做的好吃一百倍。」

「不吃算了。」我懶得理她，哪裡來的小丫頭，一副富家大小姐的樣子。

這菜很差嗎？我覺得已經很好了，燉的是冬筍野雞湯，小白菜，還有豌豆尖炒臘肉。而且，那野雞我師傅抓到後一直沒捨得吃，因為現在野雞越來越難抓了，要不是這小丫頭來了，我師傅今天早上也不會特意幫我把野雞打理了，讓我燉湯給她喝。

她竟然還嫌棄！

我大口大口地吃菜，吃飯，大口大口地喝湯，我已經打定主意那小丫頭不吃，就讓她餓死好了，反正也不是我不給她弄，是她自己不吃。

而且，我現在一點也不怕她，凌青奶奶走的時候，可是把這小丫頭身上的東西給搜光了的，我也不怕她用那些稀奇古怪的玩意兒來整我。

見我吃得香甜，凌如月嚥口水了。

我當沒看見，堅決地不理她。

過了一會兒，凌如月忽然對我說道：「這湯還可以，我喝點湯吧。哥哥，你幫我盛一碗，好吧？」

「自己盛。」我又不是「使喚丫頭」，喝湯還得要我盛，而且我又不是姜老頭兒，絕對不吃她「甜言蜜語」那一套。

「你盛！」

「自己盛！」

接著，又是大眼瞪小眼。

「三娃兒，三娃兒……」就在我和凌如月大眼瞪小眼的時候，竹林外傳來了酥肉的聲音。

那小子前天看見我回來的，今天才想起來找我。

我把飯碗放下，對著凌如月說了句：「我去接我朋友上來，要喝湯就自己盛，餓死了我可不管。」

接著，我理也不理凌如月在背後罵我小氣，起身去接酥肉了。

酥肉穿一身新衣服站在竹林外，一看見我下來了，就衝了過來，像個滾動的肉圓子似的，一把攬住我肩膀，酥肉說道：「三娃兒，這寒假你不在，你不知道我有多無聊。」

「我前些日子不就在縣城啊，你來找我玩唄。」

「我爸媽帶著我走親戚，又不給我錢去縣城，這不，你回來了，我就找個藉口出來找你玩了唄。」

我和酥肉一路說著話，就朝著竹林走去，走到竹林小築的時候，發現凌如月正在一口一口，很文靜地喝著湯。

「三娃兒，這小丫頭多可愛啊，一點都不像你說的。」酥肉咋咋呼呼地就走過去了，看著桌子上有飯菜，也不客氣，自己就去拿了一副碗筷過來坐下了。

「胖哥哥好。」凌如月的嘴倒是很甜。

「三娃兒，這小丫頭真的乖。」酥肉一邊嚼著野雞肉，一邊對著我誇獎凌如月，我在竹林裡跟他說的，完全就被他當做浮雲了，真是「夠哥們」。

我懶得理他，只顧吃飯，就想師傅他們快點回來，然後把這小丫頭給弄走。

「胖哥哥，你帶我去餓鬼墓吧。」凌如月忽然就來了一句。

我咳一聲就把嘴裡的湯全噴酥肉臉上了，酥肉一臉無辜地望著我，再仔細一咂摸凌如月的話，酥肉眼中閃過一絲興奮，這就是個唯恐天下不亂的傢伙。

「三娃兒，姜爺去餓鬼墓了？」他也不管他身上穿的是新衣服，一把擦了臉，然後問我。

「你小子可別打啥鬼主意。」我警惕地望著酥肉。

酥肉不說話了，可這時凌如月卻說了一句：「我們在這兒多無聊啊，你們不想去餓鬼墓看一下啊？我在路上聽奶奶說起來的時候，就很想去看看了。」

酥肉用一種熱切的眼神望著我，我也心癢癢的，從小就知道那餓鬼墓的存在了，要說我不想去看看是假的，可是，餓鬼墓那麼危險，我……

凌如月卻唯恐天下不亂地說道：「你們說那餓鬼蟲，我在寨子裡就聽金婆婆說過，在我們那

裡叫鬼王蟲，也是一等一厲害的蠱物呢，只不過很少見，也不知道哪個蠱苗寨子裡的族長才有，哎……」

我原本好奇心就重，忍不住望著凌如月說道：「妳知道餓鬼蟲？」

「知道啊，咋克制牠們我也知道啊。」凌如月一副天真無邪的樣子，可說起餓鬼蟲就跟說一般的蟲子一樣。

「牠們那麼厲害，妳能克制？」酥肉一臉的不相信。

「厲害？還沒有我的花飛飛厲害呢。」凌如月一臉不屑的樣子。

「花飛飛？」酥肉完全就搞不懂花飛飛是個啥東西。

可凌如月手一翻，動作非常快，一下子一個有人巴掌那麼大的蜘蛛就在桌子上了，我都不知道她怎麼拿出來的。

「這就是花飛飛啊，可愛吧？」凌如月的樣子確實清純可愛，咋也跟一隻大蜘蛛不搭調，我簡直無法面對這幅畫面，她竟然說一隻蜘蛛可愛。

我這人天不怕，地不怕，唯一怕的就是蜘蛛，當那隻大蜘蛛出現在桌子上的時候，我的身體已經僵硬了，動都不敢動，凌青奶奶不是把凌如月身上稀奇古怪的東西收走了嗎？咋還有一隻大蜘蛛。

酥肉的臉色也很難看，他不怕蜘蛛，農村的孩子誰沒見過大蜘蛛啊，可這隻確實太恐怖了，有人的巴掌那麼大，身上的絨毛都能看個清楚，而且那五色斑斕的花紋，看起來詭異之極，我發誓我絕對沒見過這種品種的蜘蛛。

「牠是不是很可愛啊？」沒得到我和酥肉的回答，凌如月可不滿，繼續問道。

說話間，她把她那雪白的小手伸了出去，竟然輕輕地摸了蜘蛛一下，酥肉忍不住抖了一下臉上的肥肉，我儘管全身發緊，我還是忍不住提醒到：「小心，有毒，別摸啊。」

凌如月望著我做了個鬼臉，罵了一句：「膽小鬼！」

接著她伸出手，那蜘蛛竟然爬到了她手上，那麼大隻蜘蛛啊，跟成年男人的手差不多大了，她的手還小小的，沒有蜘蛛一半大。

「我當然知道有毒，飛飛可是金婆婆給我的，一群蟲蟲裡面的毒王呢，可是牠很聽話的，牠的毒是可以毒到鬼的。」

我實在忍受不了了，一個清純可愛的，和天上月亮一般的女孩子，手捧蜘蛛，竟然跟你說蜘蛛的毒能毒到鬼，真的是……

再說，鬼是靈體，它能中啥毒？

酥肉終於回過神來，有些顫抖地問道：「咋叫花飛飛啊？你說牠花吧，我還認了，確實花得

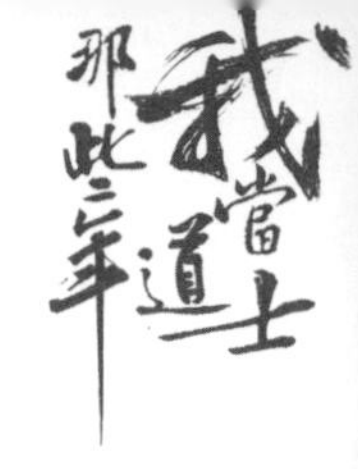

讓人眼花繚亂的，怎麼說是飛飛呢？」

凌如月笑了，笑得跟天上的仙女一樣，她把蜘蛛捧起來，說了一句：「飛飛，飛給他們看一個。」

接著，我們就看見那隻蜘蛛，忽然就詭異地凌空飛起來了，動作極快地就飛到了長廊的頂上，牠爬了兩下，凌如月掏出一個小哨子，吹了一聲，我就看見那蜘蛛快速地朝我飛來，一下子停在了我的肩膀。

我「啪嗒」一聲就從凳子上摔了下來，結結實實地坐在了地上。

第四十二章　教唆

我就知道凌如月這丫頭和我過不去，可我不敢動，也不敢說話，額頭的一滴冷汗直接滑過我的臉，「啪嗒」一聲落在了地上。

「好了，飛飛，回來吧。」凌如月打了個哈欠，很無聊的樣子，伸出手，那隻蜘蛛竟然真的飛了回去。

我鬆了一口氣，酥肉好心地把我拉了起來，我擦了一把冷汗，可是不敢說話，也不敢抱怨，那隻啥花飛飛還在凌如月那裡爬來爬去的，我怕。

酥肉估計也意識到了這小姑娘有多古怪，他有些小心地說道：「花飛飛好厲害啊，沒翅膀都能飛。」

狗日的酥肉，叛徒，一看見那蜘蛛，竟然開始拍凌如月的馬屁。

我在心裡把酥肉和凌如月罵到死了，可臉上還保持著僵硬的笑容，我一百次地告訴自己，我

可不是對凌如月屈服了，我是對花飛飛佩服，嗯，佩服。

「胖哥哥，你好傻哦，你沒看出來嗎？牠不是真飛，是因為蛛絲。」凌如月手一翻，那隻花飛飛就不見了，接下來就看見她在給一個竹筒蓋蓋子，蓋上以後，就把竹筒掛在了腰間。

還好，我噓了一口氣，那花飛飛的來歷還不奇怪，原來一直在她腰間的竹筒裡，要是沒那個竹筒，我還以為會是她肚子裡跑出來的。

我其實注意過她那個竹筒，也問過她，她說裝吃的，我還真就天真的信了，這花飛飛是吃的？

「凌奶奶沒把花飛飛收走？」我不由自主地問了一句。

凌如月哼了一聲，說道：「飛飛小時候就是跟著我的，奶奶收走牠，牠會傷心的，牠要陪著我。」

我和酥肉同時狂咳了起來，一隻蜘蛛還有小時候，還會傷心？

玩蠱術的姑娘，以後得嫁給蟲子吧？這只是我當時一個惡劣的想法，可當有一天，我真的踏進了苗疆，我才知道，嫁給自己的蠱物，還真不是只存在於想像中。

花飛飛的事情暫時告了一段落，凌如月眨巴著大眼睛望著我們：「你們看見花飛飛了，相信了吧，那些鬼王蟲，飛飛能對付的，我們就去餓鬼墓嘛。」

酥肉心癢難耐，轉頭對我說道：「三娃兒，你也學了那麼多年，人家如月都不怕，你還不敢去了？」

我同樣是心癢難耐，握著拳頭，連手心都癢了，我是想去，可是就這樣去？我望著酥肉：「如果在裡面遇見啥危險咋辦？」

「能遇見什麼？你也不想想，姜爺爺，我奶奶，還有慧覺爺爺，還有好多好多人都先下去了，有危險他們也先解決了，我們就是去看下餓鬼墓是什麼樣子，膽小鬼。」凌如月又罵我膽小鬼！

但是不得不承認，這丫頭的建議是那麼的讓人動心，她的腦袋瓜子真的很聰明啊，這都能分析出來。

「可是師傅他們發現了咋辦？」我竟然不自覺地就跟著這小丫頭的思路走了，回頭一想，還真是汗顏，我竟然會去問一個十一歲的小丫頭，師傅他們發現了咋辦。

「他們去了那麼久，我們現在去，他們才不一定會發現啊？就算發現了，也不能攆我們出去了，大不了回來訓我們一頓，撒撒嬌就好了啊。反正我奶奶疼我。」凌如月腦袋一偏，用大大咧咧的語氣說道。

那說話的神態倒是大大咧咧，可這回答真是心細如髮啊，好的後果，壞的後果以及壞的後果

的應對都想到了。

問題是她奶奶是疼她，我師傅呢？我師傅也疼我，可要我跟他撒嬌？

我忽然一陣惡寒，得了，老子豁出去了，撒嬌就撒嬌。

想到這裡，我對餓鬼墓的好奇心已經達到了一個頂峰，我霍的一聲站起來，說道：「那還等啥？我們出發吧？酥肉就不許去了，一點自保能力都沒有！」

這確實是為酥肉好，因為說起來遇見啥危險，我和凌如月還有一點自保能力，酥肉可是一點自保能力都沒有。

「那可不成，三娃兒，今天你就別想丟下我，你們啥事兒我沒跟著過，蛇靈，餓鬼啥的，姜爺都沒嫌棄我，你可不能嫌棄我！」酥肉大聲地吼道。

我有些猶豫，畢竟我那時才十五歲，可是經不起「教唆」的年紀，說起來酥肉還是我最好的朋友，少年心性，總是喜歡熱鬧的。

「就讓胖哥哥去唄，我都能保護他。」凌如月在旁邊懶洋洋地說道。

我這時才發現，哪裡酥肉才是唯恐天下不亂的主啊，明明凌如月才是那個唯恐天下不亂的人。

「等我。」酥肉喊了一句，然後衝進廚房裡，把擀麵杖拿上了，還把一把菜刀別進了褲子裡。

「這樣總成了吧？」酥肉望著我，充滿希望地說道。

我無言地看著，在餓鬼墓裡菜刀和擀麵杖能有啥作用？

可是，我想我師傅做事情都沒有避諱酥肉，我這個他最好的哥們沒道理丟下他啊，再說了，餓鬼墓是師傅他們先進了，危險估計他們也給清除了，帶上酥肉應該沒事兒吧？

這樣想著，我點頭對酥肉說道：「那還囉嗦啥，咱們出發唄，把擀麵杖和菜刀給我收起來，放身上不怕人看見問啊。」

酥肉樂呵呵地點頭，去把我的書包拿了出來，把菜刀和擀麵杖收了起來，想著，酥肉又去廚房拿了幾個大饅頭塞進去，還用水壺裝了一壺水。

「你這是幹啥？春遊啊？」我無奈地說道，饅頭和水帶進餓鬼墓幹啥？

「三娃兒，你沒聽郭二說嗎？一條走廊走了五、六分鐘都沒到頭，那裡面得有多大啊？我回去就琢磨過了，在直線上走個五、六分鐘，都能從我家走到你原來的家了。」酥肉這小子的腦子還是挺活泛的。

以前我和酥肉的家很近，不過放到一個墓裡，那距離還是有些嚇人了，聽到這裡，我來了興趣，望著他說道：「然後呢？」

「我想啊，那墓裡總不可能是一條直通通的直線吧？萬一吧，就說萬一吧，裡面歪歪曲曲的呢？我們不知道要走多久，這晚飯總不能耽誤吧？」酥肉這樣說道。

「那麼大？怕是半個鄉場下面都是這墓了，好了，帶上，我們走吧。」我這人是一個說幹就幹的人，就這樣，在我打理了一番竹林小築，鎖好門以後就出發了。

「咋是這情況，這要咋混進去啊？」酥肉抓著腦袋，在那裡著急了，原來餓鬼墓那裡早就修了一堵圍牆，只留了一個小門，現在起碼有五、六個人在小門那裡守著。

這情況是我也沒料到的，這也怪我想事情簡單，既然修了牆，會不讓人守著嗎？

我敢打賭，這些人是絕對不會放我們進去的。

但是既然來都來了，就這樣回去，我也不甘心，於是說道：「再等等看吧，那些人總得要吃飯什麼的吧？」

「吃飯也不會全去啊？」感覺酥肉頹廢了。

「哎……」這時凌如月幽幽地歎了一口氣，我和酥肉回過頭去看了她一眼，她也表示放棄了嗎？

可是凌如月卻說道：「原本我還偷偷藏了一點東西，奶奶不知道的，現在去用了，少不得要挨奶奶罵。」

「那妳還想不想進去了？」酥肉那是急啊，他又不傻，能聽出凌如月的話裡這件事情有門。

我也在旁邊說道：「挨罵算啥？我都豁出去了，妳奶奶是罵妳，我師傅可是實打實的要揍我的，妳有辦法，就趕緊吧。」

「那好吧。」凌如月那小丫頭興奮地站了起來，我恍惚間有種錯覺，覺得這小丫頭原本就打算這麼做，只是需要我和酥肉給她一個理由而已。

到時候好撇清楚關係？還是我想多了？小姑娘能有這心眼嗎？

在我還在思考的時候，凌如月已經從我們藏身的小土坡那裡走了出去，一臉天真無邪的朝著那幾個守門的戰士走去。

第四十三章　下蠱

看著凌如月這樣走出去，我和酥肉的心都提了起來，這小丫頭可真直接啊，膽子也忒大了點兒。

「三娃兒，你說她會用她那隻蜘蛛嗎？那可得出人命的啊？」酥肉在一旁有些緊張。

我也摸不準，那小丫頭行事兒鬼得很，摸不透，我扯了一片草，有些狠狠地說道：「等下要看見她用那個啥花飛飛，我們拚著不下去了，也得阻止。」

酥肉用一種鄙視的眼神望著我，說道：「啥叫拚著不下去了？是拚著你不怕蜘蛛了吧？」

我很想揍這嘴壞的小子，不過現在卻不好動手，只能跟他說道：「別鬧，我們看看凌如月要做啥？」

聽到這個，酥肉不說話了，我們兩個都盯著凌如月，卻見她淡定從容地走向了那幾個看門的戰士，然後也不知道在說些啥。

那幾個戰士好像都挺喜歡她的樣子，反正神情友善，過了一會兒，凌如月對他們做了一個再見，然後東繞西繞的，就繞回我和酥肉這裡了。

看她回來，我一把就拉住她：「妳給別人下蠱了？」

酥肉也問：「該不會要人家命吧？」

凌如月一臉鄙視地望著我倆：「你們兩個還是男孩子嗎？要我一個小丫頭出手，還好意思問？」

我咳了一聲，覺得有些丟臉，這徒弟和徒弟之間，咋差距就那麼大呢？

酥肉卻說：「妳還小丫頭？跟妳接觸幾個小時，覺得妳精得跟隻老狐狸似的。」

凌如月笑瞇瞇地望著酥肉，一翻手，花飛飛就出來了。

酥肉被嚇到了，連忙求饒：「如月啊，我就沒見過妳那麼乖巧的丫頭。」

我懶得看酥肉那副樣兒，只是盯著凌如月的手，感覺好快，我就覺得眼睛一花，那花飛飛就被她給拿出來了，難道下蠱的人都是一雙「快手」。

懶洋洋地收起花飛飛，凌如月說道：「我剛才沒下蠱呢，我就是去打聽了一下他們啥時候吃飯，我們走吧。」

酥肉傻愣愣地望著凌如月，說道：「走哪兒去？」

我也呆住了，這小丫頭聊兩句就放棄了？

「去那邊的大路上等著，這些叔叔的飯都是附近的鄉親們送的，我去想點兒辦法啊。」小丫頭一口北京普通話說得脆生生的，可這想法……

嗯，這想法惡毒到我和酥肉冷汗直流，這心機也讓我和酥肉自歎不如，我們是絕對不會想到這些的。

從草叢裡小心翼翼地站起來，我們三個一路小跑，就跑大道上去了，畢竟到那片兒曾經的聚陰地兒，就只有一條路，送飯的也只能走這條路。

「妳先說，妳想的辦法不會害人吧？」我覺得在這種時候，我必須擔起責任，不能任這個小丫頭亂來，要是她要害人，這餓鬼墓不去也罷。

「拉肚子算不算？」凌如月一臉天真。

酥肉在旁邊呵呵笑了，說道：「不算，那可真不算，我還想拉呢，一拉說不定瘦個十斤八斤的。」

「真的？」凌如月一翻手，手上就多了一點灰色的粉末，對酥肉說道：「你把這個吃下去，能拉三天呢，胖哥哥，你要吃嗎？」

酥肉覺得這丫頭根本就是一個西遊記的妖精，說風就是雨的，趕緊搖頭說道：「算了，等我哪天需要的時候，再吃個十斤八斤的妳這玩意兒吧，呵呵，呵呵……」

酥肉又開始招牌似的傻笑，凌如月卻自己小聲地說道：「這粉末是一種昆蟲和著一種植物調和而成的，吃多了可會拉死人的，胖哥哥那麼厲害，我等給你省個十斤八斤的。」

酥肉一聽，非常乾脆地把自己的嘴蒙上了。

總之，凌如月只是想讓人拉肚子，還在我的接受範圍以內，餓鬼墓的一切就像有魔力一樣的吸引著我，我也就不再反對。

三個人就在大路上找個草坪子坐了，反正我打瞌睡，酥肉和凌如月在旁邊鬧騰，就在我迷迷糊糊的時候，酥肉一推我，說道：「來了。」

說話間，還看看他那寶貝得跟什麼似的手錶。

我懶得理他，一下就翻身坐了起來，卻看見凌如月那小丫頭已經迎了上去。

到底是咋下蠱的？就跟拍我那次一樣嗎？她不會去拍那兩個送飯的大媽吧？

可凌如月全程都沒啥動作，我只看見她就是去掀了一下菜鍋子，看了看裡面的菜，手都沒咋動，而那兩個大嬸卻笑眯眯地跟她說著啥，她也仰起頭在回應著。

酥肉看到這裡，忽然就跟我說道：「三娃兒，這小丫頭可怕。」

「咋？」我其實也那麼覺得，可想聽聽酥肉的。

「廢話，人長得就跟畫片兒上的人似的，可偏偏全玩陰招兒，誰防得住啊，你說她學蠱術的，我覺得她那樣子，就是學蠱術的天才啊，你想一個長得嚇人的，人還沒靠近呢，別人都防備著了。」酥肉頗有些感慨。

我也深以為然，所以到後來我去苗疆的時候，總防備著長得好看的人，其實那是我不瞭解，真正的蠱術高手，可不一定要靠近你。

說話間，凌如月已經走了回來，我和酥肉立刻迎了上去，酥肉很著急地問道：「下蠱了嗎？」

「下了啊。」凌如月一臉輕鬆，彷彿給人下蠱是天經地義的事兒。

「啥時候下的啊？」酥肉一臉迷茫，他其實就沒見著凌如月有啥動作。

我也沒見著，可我關心的是另外一個問題，我問道：「妳下的那蠱，會讓別人拉多久啊？」

凌如月懶洋洋的挑著她的指甲，說道：「就半個小時吧，我自己有分寸的，不然奶奶會罵我的。」

就她那樣兒，還怕奶奶罵啊？我心裡悄悄說了一句。

至於酥肉的問題，凌如月挑完指甲後，說了句：「這是秘密，我可不能跟你說。」

「妳說一下吧，我反正學不會，也沒那些稀奇古怪的東西，妳說一下吧。」酥肉的好奇心可不比我輕。

「不說，我要去餓鬼墓那邊了，只有半個小時時間，你們要是不跟來，就算了。」那小丫頭說完轉身就走了，我和酥肉對望一眼，覺得憋屈啊。

「堂堂男子漢」啊，竟然不如一個小丫頭，但就是那麼想，我們兩個還是腳步不停地跟上了。

我們走到原先趴著的那堆草叢中，又重新趴下了，正好看見的就是那幾個戰士正在說笑著，把飯鍋和菜鍋端下來。

那兩個大媽把飯送到後，人就走了，酥肉卻一直在問凌如月：「妳跟我說吧，妳咋下的蟲。」

凌如月不理他，只說了句：「別鬧，我得看看我的分量把握好沒，我可手生得很。」

我一聽，又覺得抓狂了，一下子扯著凌如月的小辮子說道：「妳該不會弄了要死人的量進去吧？」

凌如月瞪我一眼，扯回了她的小辮子，說道：「要不是待會需要你陪著下墓，我現在就放花飛飛出來咬你了，敢扯我辮子！放心吧，只會少，不會多。」

這下我才比較放心，然後專心的看著那幾個戰士在那裡邊說話邊吃飯。

他們幾個吃得也快，不一會兒估計就吃完了，把飯鍋，菜鍋移到了一邊兒。

凌如月卻在小聲念叨著什麼，酥肉走過去一聽，她在數數呢。

「妳數數幹嘛？」酥肉問道。

「我就數他們會不會在我預定的時間發作啊，如果是，說明我的手藝又進步啦。」凌如月笑眯眯地說道。

手藝？我在心裡冷哼了一聲。

酥肉卻大感興趣，和凌如月一起數了起來，當倒數到五的時候，我看見一個戰士匆匆忙忙的跑了，另外幾個的臉色也開始怪異起來。

凌如月高高興興地一拍手，說道：「好啊，這是我分量掌握得最合適的一次了，發作時間沒錯兒。」

好恐怖，我忽然就覺得滿頭冷汗。

第四十四章 入墓

那幾個看門的戰士，全部不在了，都去拉肚子了，看來是忍不住，我們三個也趁機溜進了那道門。

一進門，我就看見完全已經佈置好的法陣，比我想像的還要複雜一些的法陣，畢竟是學玄學的，一看到這些，我就停下來，忍不住琢磨。

可這時，酥肉卻說：「三娃兒，你愣著幹啥？這從哪兒進呢？」

凌如月也提醒到：「快走啊，就半個小時時間，說不定人就回來了。」

我這才回過神來，匆匆忙忙地和他們兩個人往裡面跑，總之是避過那道小門能看進來的地方。

「三娃兒，這麼多符，得多厲害的鬼啊？」酥肉邊跑邊說。

我咋知道下面有多厲害的鬼？我只能說：「多厲害師傅他們也先下去了，沒我們啥事兒。」

酥肉一臉放心的樣子，凌如月卻說：「到底哪兒進去啊，一直在這裡轉悠嗎？」

「就在這裡停下吧，我看看。」我站在牆根下，他們也跟著停了下來。

我開始仔細地觀察四周，隱約記得師傅好像提過，是從郭二他們上次挖的入口進去，可是這裡面除了一棟臨時搭起的房子，根本沒啥入口啊？

如果說唯一有可能的，就是那房子了吧。

想了一會兒，我跟他們說：「我們進房子看看吧。」

也沒多餘的廢話，我們三個人就竄進了那間唯一的，臨時加蓋的房子裡，房子裡很空，奇怪的是有一張辦公桌，幾把椅子，還有幾盞油燈。

「三娃兒，這是咋回事兒啊？咋跟個臨時會議室似的？」酥肉一進來就咋咋呼呼地說。

我也愣了，傳說中的洞口沒出現啊？

凌如月懶洋洋地坐在一根凳子上，翹起兩隻小腳看著我們：「你們可別讓我白忙活啊，我會生氣的。」

我和酥肉一頭冷汗，這小丫頭生氣是啥概念？我們不知道，可是我們知道那花飛飛很恐怖。

「把桌子拉開看看。」既然這間屋子一目瞭然，能藏東西的，也只有桌子底下了。

說話間，我已經挽起了袖子，開始拉桌子，酥肉也來幫忙，只有凌如月一個人逍遙地在那裡哼著一首小曲兒，聲音很好聽，就是內容聽不懂。

老式的辦公桌很沉，我和酥肉好容易才拉開，酥肉直接假裝很累地趴在桌子上：「丫頭，妳也看得過去啊？我和三娃兒那麼累。」

「我才不管呢，只有我姐姐才能指使我。」凌如月哼了一聲。

「妳姐姐誰啊？妳看我像不？」酥肉沒好氣地說了一句。

「你像個屁，我姐姐可漂亮了，我姐姐是凌如……」凌如月那小丫頭看樣子就要發火了。

我卻大喊了一聲：「有門了！你們來看！」

原本還在鬧騰的兩個人聽見我說有門，飛快就停止了鬧騰，一下子圍了過來，仔細一看，原來地上竟然有個像井蓋一樣的東西。

「對，肯定是這個！」酥肉很興奮，立刻去拉那個井蓋，我也連忙幫忙，心裡面全是興奮，這次就連那個說只幫姐姐的凌如月也來幫忙了。

井蓋沒我們想像的沉，只有一層薄薄的鐵皮，我們三個大力之下，竟然狠狠都朝後摔去，幸好頂住了牆，才生生地站住。

「哐啷」一聲，酥肉把井蓋扔到了一旁，井蓋下是一條黑黑的通道，也不知道是誰，在那條通道上挖了一些洞口，權當是簡易的梯子，靠近入口的地方，可以看見幾個腳印，顯然是師傅他們弄的。

入口黑沉沉的，酥肉、我、凌如月都對望了一眼，一直以來，對餓鬼墓渴求了那麼久，但真到眼前的時候，反而有些不敢下去了。

「要不，三娃兒你打頭陣兒？」酥肉吞了一口唾沫說道。

「不然，胖哥哥先下？」幾乎同時，凌如月也說道。

我想了一下，既然來了，我沒有退縮的道理，我站起來說：「我打頭陣吧，把油燈帶上，這黑沉沉的下去，該咋走啊。」

說著，我就拿過了油燈，這次凌如月倒積極，親手添上了燈油，估計師傅他們是在這裡開過會的，所以還剩下了一壺燈油。

點亮了油燈，我深吸了一口氣，含著燈油把兒，首先下去了，跟著凌如月也下來了，酥肉走最後。

洞口不是很抖，而是由一個方便人攀爬的斜坡，這樣走著，我們也不是很吃力，油燈光照著這個洞口，倒也沒感覺有什麼。

只是，我一向靈覺是很重的人，越爬到下面，我就覺得身上越發冷，無奈含著油燈，無法開口說話，只能一步步地往下爬，心裡卻越來越壓抑。

終於，我的一腳踩空了，我回頭一看，這個洞的出口到了，離地面約有一米左右的高度，我跳了下去，接著凌如月也跳了下來，我趕緊地拉了她一把。

可惜這小姑娘倔強，一副我很行，不要我拉的樣子，最後是酥肉，見他下來，我和凌如月同時閃開了，酥肉那麼沉，我和凌如月可扛不住。

酥肉摔了個結實，哼哼唧唧地站起來，罵到：「三娃兒，你狗日的不厚道。」

「我能咋厚道？你也不看你啥個兒！」我罵到，這時，在我們身後的凌如月卻驚叫了一聲，我和酥肉同時覺得頭皮發炸，一下子回頭看了過去。

「叫啥啊！」酥肉忍不住吼了一句，估計是被嚇得不輕。

我也心裡極其不舒服，說實在的，一進到這裡，我就覺得一點點小小的動靜，都讓我覺得萬分的警惕，說不上為啥。

「三哥，你把油燈拿過來看。」這丫頭還是知道叫我三哥的。

我舉著油燈，走了過去，昏黃的油燈光照著凌如月指的地方，映入我眼簾的，赫然是個餓鬼！

我倒退了幾步，仔細一看，才發現這是一個餓鬼的浮雕，結果我才剛喘過氣，就聽見酥肉「媽呀」地吼了一聲。

我一陣惱怒，立刻拍了酥肉一巴掌，吼道：「你幹啥呢？看清楚，那是雕刻！」

「我剛才也是被嚇到了，還以為有誰立在這兒呢。」凌如月也拍著自己的小胸口，有些畏懼地說道。

這時，我才想起郭二他們說的餓鬼浮雕，他們帶的是電筒，光線足夠亮，才能夠看得清楚，我們拿盞油燈，這昏昏暗暗的，咋看得清楚。

我第一次覺得，我帶著他們下來，是一次多麼錯誤的行為，望著頭頂不遠處的，黑沉沉的洞口，我竟然生出了一絲退意。

「酥肉，如月，我覺得我們回去吧。」我很嚴肅地說道。

酥肉有些沉默，可能這墓裡的氣氛給人的感覺真的很壓抑，他也有些後悔。

凌如月卻倔強地搖搖頭，說道：「我不！我一定要看看，金婆婆常常說，蟲有靈，蟲會成精，這鬼王蟲就是一個例子，我要看看。」

我抿著嘴，望著遠處黑沉沉的墓道，心裡猶豫不決，酥肉也不說話，估計也是有些猶豫。

「三哥哥，我們去看看吧，找到奶奶他們就好了，這墓能有多大啊？」凌如月的一雙小手放在我胳膊上，輕聲地求我道。

想到師傅他們，我忽然就安心了，舉著油燈，走在前面，說道：「那我們就走吧，但是情況一有不對，我們就往回跑！」

我又回頭問酥肉：「你呢？」

酥肉一咬牙說道：「去，咋不去，老子來都來了，說啥也得見識一下！」

酥肉就是這個性格，有時神經大條到可以壓住一切恐懼，既然我們三個意見已經統一了，那沒啥說的，就前進吧。

只是，牆壁兩側的餓鬼浮雕，還有那墓裡的壓抑氣氛，一再讓我感覺到不安，我一把扯下了脖子上的虎爪，捏在手心。

第四十五章　詭異

整個墓道黑沉沉的，安靜得就如一潭死水，只剩下我們三個的腳步聲在墓道裡回蕩，這根本就不像有人來過的樣子。

黑暗連同安靜就如一張怪獸的大嘴，要把人吞噬的感覺，特別是餓鬼墓裡，有一種說不明道不清的氣場，讓人的情緒也不自覺的負面起來。

恐懼，暴躁，沉重……

就這樣，我們沉默著在墓道裡前行，一幅一幅的餓鬼浮雕不時在我們眼角的餘光裡閃過，我盡量不去看這些栩栩如生的浮雕，此時竟然就只有一個念頭，快些找到師傅他們。

沉悶的前行了五分鐘，一道開著的小門出現在了我們的面前，我第一個念頭就是郭二說起過的那個密室，養蠱的密室！

「要進去看嗎？」我回頭問酥肉和凌如月。

酥肉點點頭，凌如月也表示同意，只是在這個時候，她把花飛飛拿出來了，放在了她的肩頭。

我很想罵凌如月，還嫌這個墓不夠詭異嗎？一個小女孩弄隻蜘蛛趴身上，這畫面怎麼看怎麼怪異，更讓人心裡壓抑。

我深吸了一口氣，才忍住了罵人的衝動，我自己也不知道為啥進了這裡會如此的暴躁，而且是帶著衝動的暴躁。

我們三個人進了密室，當油燈光照亮密室的時候，酥肉就忍不住吼了一句：「姜爺他們來過！」

的確是這樣的，整個密室裡原本按照郭二的描述有很多的罐子，裡面裝的是餓鬼蟲的蟲卵，但是現在一地的碎片，顯然是罐子被打破了。

原先牆壁上郭二曾描述過有很多管子連通了上面的一個大罐子，師傅曾經說過那個大罐子為了培養一個密室的蟲王，可是現在，這些管子都變得歪七扭八，上面那個大罐子斜在了一旁，但我知道那是郭二他們做的。

看來師傅他們的確來過這裡，可是他們早上就進墓了，怎麼現在還沒半點動靜？整個墓室那麼安靜，他們去哪裡了？

「這裡怕沒啥好看的吧？」酥肉望著一地的狼藉，表示想要離開。

可是凌如月卻蹲了下來，撿起一塊碎片仔細看了看，並放到鼻子前聞了聞，她肩膀上的花飛飛竟然不安起來，做出了一副比以前更加猙獰的樣子，像是要攻擊什麼。

「飛飛。」凌如月叫了一聲，竟然輕輕地摸了摸那隻蜘蛛，似乎是在安撫牠，蜘蛛能接受人的安撫嗎？事實上，那隻蜘蛛的確安靜了下來。

「妳看出什麼來了？」我很好奇凌如月的舉動，不禁問道。

「很厲害啊，這種配方幾乎快失傳了。」凌如月扔下碎片，也不具體說什麼，然後跟我說：「我們走吧。」

走出了這間密室，我們繼續前行，這墓道就是筆直的墓道，根本沒有什麼彎彎繞繞。接下來，就是郭二他們沒有探索到的地方，我不知道為什麼心跳急劇加快，有一種我在冒險的感覺，這明明就是我師傅他們來過的地方啊，我咋會有這樣的感覺？

整個筆直的墓道好像無窮無盡，我們又走了五分鐘，再次出現一間密室。

對望了一眼，我們三個毫不猶豫地進去了，因為這筆直的墓道走來實在讓人窒息，沒有別的景色，只有似乎無窮盡的餓鬼浮雕，也沒有曲折，安靜得要命，而腳步聲顯然也不是什麼好聽的聲音！

這間密室的出現，簡直就像拯救我們似的，把我們拯救出這無窮無盡的沉悶。

「媽的，我以為我一輩子都得這麼走下去了，看來這墓道還是有盡頭的。」酥肉忍不住罵了一句，這也不怪他，在這墓道裡我的脾氣都克制不住，何況是他。

不過，我的心情也一陣輕鬆，能再出現一間密室，就說明我們是在前行，剛才那感覺真的就像酥肉所說的那樣，無窮無盡！

凌如月沒發表什麼意見，可她竟然又哼起了一首苗家的小曲兒，可見心情也是放鬆的。

我們三個懷著輕鬆的心情走進了那間密室，反正這一定是師傅他們處理過的，沒什麼好擔心的，再不濟，凌如月不是說有花飛飛可以打敗餓鬼蟲嗎？

一個密室只會有一條餓鬼蟲，那些餓鬼卵根本不必擔心。

可是一踏進那間密室，我們就愣住了，確切的說，是傻了，同樣是一片狼藉，同樣沒有一個活物，怎麼看起來就那麼眼熟呢？

確切的說，我們剛才明明就見過這間密室。

「呵呵，呵呵……」酥肉毫無由來地傻笑了起來，這是壓力大的一種表現，他轉頭跟我說了一句：「三娃兒，姜爺他們把這裡破壞得可真徹底啊。」

「是啊，我奶奶……」凌如月也這樣說。

可是沒等凌如月說完話，我就說道：「你們這是幹啥?自我安慰?仔細看看吧！」

在這種情況下，保持清醒是一件殘酷的事情，我也想安慰自己說，這是師傅他們破壞的另外

一間密室，可顯然不是，因為那個曾經養蠱王的罐子，連歪斜的角度都是一樣的，這可能嗎？

「也許就是姜爺他們幹的呢？」酥肉的語氣變得不確定起來，臉上的傻笑沒有了，換上的是一種迷茫。

「就是，破壞東西而已，哪裡不是一樣的。」凌如月的眼神也迷茫了起來。

我傻呆呆地望著他們，不是這樣吧？哪有強行說服自己去相信一件根本就是錯的的事情呢？有些發火，我一把拉過酥肉，說道：「你看，看這個罐子，當時就在這個角落裡，你說是我師傅他們破壞的，可是你看清楚，不可能兩間密室的罐子，都放在同一個地方吧？」

酥肉很輕鬆地說道：「三娃兒，你想多了。」

我無名火氣上來，一把推開酥肉，一下子又拉住凌如月，扯了她過來，連她肩膀上那隻花飛飛我都忽略了，直接指著地上的一塊碎片說道：「凌如月，這是妳剛才親手扔的碎片，就扔在這靠門口的地方，妳沒發現？」

凌如月也以一種飄忽的語氣回答我：「三哥哥，罐子一破，當然到處都是碎片兒，這有什麼好奇怪的。」

我心裡一股說不出來的火氣，直衝腦門，他們是傻了嗎？他們是要幹什麼？想著想著，我就暴怒了起來，衝過去就掐住了酥肉的脖子，大聲吼道：「你ＴＭ是故意的吧？你傻了吧？」

酥肉一把推開我，吼道：「我看你才是傻了，沒事兒找事兒。」

然後直接不理我，拉著凌如月說道：「路是對的，走吧，如月妹子。」

「不許走！」我狂吼道，這時凌如月回頭冷冷地看了我一眼，趴在她肩膀上的花飛飛竟然對我做出了一副猙獰的樣子，看樣子要是一言不合，花飛飛就要過來了。

我是在暴怒的情緒中，可是這不能壓制住我對蜘蛛這種東西本身的恐怖，冷汗瞬間就佈滿了我的額頭，可是我就是看酥肉，看凌如月不順眼，我想衝過去攔住他們。

幾乎是下意識的，我用左手擦了一把冷汗，一股子熟悉的香氣飄進了我的鼻子，是我戴在左手上的沉香！

那股香氣有一股說不出來，讓我舒服的味道，至少在平日裡，我是感覺不到這種感覺的。

隨著這股香氣飄進鼻腔，我的腦子一個激靈，一下子從暴怒的情緒中清醒了過來，我忽然想到了一個可能，一下子我就忍不住抖了一下。

想也不想的，一把就把沉香串珠扯開了，沉香串珠一下子分散開來，我把它們裝進褲兜裡，然後拿起兩顆，想也不想的追了過去。

這時，酥肉回過頭來對我說道：「三娃兒，想通了，要和我們一起走了？我就說這條路是對的！」

第四十六章　開眼，滅！

對個屁！我在心裡罵了一句，快速地走過去，也不管酥肉願不願意，一粒沉香珠子就給他塞嘴裡了，為了避免他吞下去，我捏住了他的嘴。

酥肉的眼神一下清醒了過來，我用眼神示意他別說話，然後對凌如月說道：「走累了，吃個糖吧？」

「你還有糖？」凌如月彷彿只是對堅持走下去這件事情非常執著，其他的事兒倒也還好。

「有啊，剛才餵酥肉吃了一顆，妳也吃一顆吧？」我很無奈，如果不是那隻花飛飛，我絕對不會那麼麻煩，直接塞凌如月嘴巴裡就行了。

「那好吧。」凌如月點頭。

「啊……」我故意張大嘴巴。

凌如月身為一個蠱術苗女，其實應該對別人餵東西進嘴巴非常警醒的，可是她現在也不是很清醒，也下意識地順從的啊了一聲，我一下子就把沉香珠塞了進去。

凌如月比酥肉甦醒得快，沉香珠一進嘴裡，眼神立刻就清醒了過來，她一口吐出沉香珠，有些不滿地說道：「陳承一，你給我吃的什麼呢？」

我鬆了口氣，說道：「妳要不想再被迷住，就把沉香珠含著，沉香的氣味驅穢辟邪，而且醒腦，妳想不起妳剛才的行為嗎？」

凌如月一下子睜大了眼睛，倒也不囉嗦，二話不說把沉香珠含進了口裡。

這沉香串兒是我祖師爺的，那奇楠沉我不知道有多珍貴，但是我知道是祖師爺的東西，就一定不凡，在我心裡，那位喜歡被別人稱呼為老李的祖師爺，可是比我師傅厲害很多倍的。

「三娃兒，一直含著嗎？」酥肉嘟嘟囔囔的說話，因為嘴巴裡含著一顆珠子，他說話有些含糊不清。

「只能含著，如果你不想再被迷惑的話。」我說道。

「我們剛才是不是進了一間密室？」凌如月也含糊不清地問道。

我有些震驚，可是我什麼都不能說，至少現在不能，我問到：「妳想不起來了？」又問酥肉：「你也想不起來了？」

他們兩個同時點頭，還想說點什麼，我卻比了個「噓」的手勢，然後把他們拉進了那間密室。

望著非常震驚的兩人，我說：「你們發現什麼了嗎？」

酥肉好半天才反應過來：「我想起來了，我進了這間屋子，可是後來我不太記得了，這，這不是……」

「別說話！」我吼了酥肉一聲！

酥肉不敢說話了，他和我還有師傅接觸了很多，他知道恐怕遇上麻煩了，只是小聲地念叨了一句：「姜爺他們不是走在前面嗎？咋會有這樣的事兒。」

凌如月顯然也看出了問題，可是比起酥肉，她冷靜一點兒，只是問我：「三哥哥，你有什麼想法？」

想法什麼的，我現在可不敢說，我只是對凌如月說道：「聽說花飛飛的毒很厲害？那天妳說的完全是真的嗎？不許吹牛！」

凌如月多機靈一個丫頭啊，點頭認真地說道：「是真的啊，別以為多稀奇，狗也能做到啊，不過要患狂犬病的狗才行，牠們的牙齒也能咬到一些東西，傷了那些東西，人可不得瘋？」

凌如月的意思我自然明白，瘋狗的事兒我師傅也跟我提過，他說過瘋狗的牙齒能咬傷靈魂，讓人只剩下一些本能，瘋狗病的症狀和殭屍差不多，其實就是一個沒魂的身體，是傷魂！而不是傷魄！偏偏魂才是人類最重要的東西，就好比大腦是個容器，而魂是指揮它的東西。

「哦，那花飛飛會飛吧？」我假裝無意地問向凌如月。

「會啊。」凌如月和我配合的一問一答。

酥肉在旁邊迷茫得不得了，幾次想說話，都被我狠狠地掐了一把！

「我不信，讓牠飛給我看。」我說這個的時候，望著凌如月的眼神已經非常嚴肅了。

凌如月心領神會地說道：「要咋飛，你才相信？」

「等會兒我指個地方，你就讓牠飛那兒去，我就信，我隨便指個地方啊？」我用眼神在和凌如月示意。

酥肉急了，他很清楚，這個密室就是我們剛才來過的密室，這情況得多嚴重啊，我們迷路了，這兩個人竟然不慌張，還討論起花飛飛來了，還都是些廢話，這是哪兒來閒情逸致啊？

可是我狠狠瞪了一眼酥肉，酥肉雖然著急，卻也不敢說什麼。

也就是現在，我凝神靜氣，開眼的口訣開始在心裡默念，不得不承認我的靈覺非常強大，只是一瞬間，眼前的景物就開始重疊，我立刻閉上了眼睛，周圍的一切開始變得迷濛了起來，我第一眼看見的就是那四處流動的，冰冷的，淡青有些發黑的陰氣。

接著，我四處一看，忽然發現一個長髮的女人正倒吊在密室的門口，眼神非常陰狠地望著我們。

那形象非常的恐怖，人一旦失去了生氣，光是屍體就會給人一種灰暗的感覺，那臉普通人看了會覺得不舒服，何況是鬼？那形象根本不會好到哪兒去。

我忍住心中的恐懼，忽然就指著她倒吊著的地方，對凌如月說道：「讓花飛飛飛那兒去，快點！」

凌如月的反應很快，那奇怪的哨子早已經含在嘴裡，沉香珠子被她拿在手上，我的話剛落音，凌如月就吹響了哨子，花飛飛的動作非常的迅捷，只是一眨眼功夫就飛到了我指定的地方。

牠不是用咬的，而是直接釋放出了一滴毒液，那滴毒液的顏色在我的天眼下，呈一種赤紅色，只是牠慢慢的落下地以後，那紅色就淡了很多！

花飛飛的毒液，原來是陽性很重的毒液，難怪會傷到鬼！

在花飛飛的毒液碰到鬼以後，我分明看見那鬼先是靜止不動，接下來就全身顫抖，一下子就變得模糊了很多。

我畢竟是少年心性，也不知道輕重，逮過旁邊的酥肉，拿起他的手，對著中指一口就使勁地咬了下去，酥肉疼得唉喲一聲，我卻懶得跟他解釋，衝過去，一口中指血混著唾液就噴到了那鬼的身上。

鬼本是無形之物，中指血當然是穿過了她的身體，只是在天眼下，中指血用一層淡黃接近淡紅的毫光，穿過她之後，那層毫光就沒了！

接著我就看見那鬼的身體越變越淡，一張臉已經完全地扭曲了，發出一種無聲的嚎叫，可也就是同時，我、酥肉、凌如月的腦袋都開始劇痛起來。

師傅說過，鬼的聲音我們不可能聽見，但是它確實是有聲音的，這種聲音對人的大腦影響是很大的。

我咬牙挺住，堅持開著天眼，我怕這隻鬼不殺，我們就永遠地迷失在這墓道內了，如果她這樣都還不死，那麼我不介意給她補上一下！

她的身形終於快接近於虛無了，最後在我的眼中她消散了，就類似一股青煙那樣消散。

我長吁了一口氣，收了天眼，睜開了眼睛，只是這一瞬間，我就差點坐倒在地上！酥肉一把拉住了我！

他在喋喋不休地抱怨：「三娃兒，你咬我做啥？好疼的，你咋不咬你自己？」

「因為我怕疼，先咬你，下次咬我自己。」說完這句話，我就覺得天旋地轉的，一下子靠在了牆上，酥肉都拉不住我。

酥肉還在抱怨，凌如月也在說著什麼，可惜我完全聽不見，腦袋劇痛無比，師傅說靈覺強，不見得能承受開眼，就是這個意思，所以要修到位之後，開眼才會變得輕鬆一些。

可惜的是，那時的我根本不懂凡事留一線的那種慈悲，和那種因果的糾纏，一出手就打得那鬼魂飛魄散，結果導致了我在餓鬼墓中的運勢低到了極點。

好一陣兒，我才恢復過來，一恢復過來，就看見酥肉那張大臉處在我跟前，問我到：「三娃兒，你怕是該跟我講講是咋回事兒吧？」

「就是，三哥哥，我們遇見的是什麼？」凌如月也在旁邊問道。

第四十七章　攔路鬼與養鬼罐

雖然恢復過來了，但是我還是感覺有些精神不濟，他們問我，我悶了好一陣兒，才說道：「我聽師傅說起過一個傳說，民間知道的人也很少，我能那麼快的判斷出來我們遇見了什麼，就是想到了那個傳說。」

酥肉還算「體貼」，趁我說話的時候，把水遞給我了，說道：「你喝點兒唄，醒醒神。」

放了那麼久，已經有些冰涼的水流過我的喉嚨，頓時讓我感覺舒爽了很多，我喝了幾口把水還給酥肉，說道：「也好，我們在這兒休息一下，再走吧，我跟你們詳細地講講。」

在古時候，其實有一個只在少數權貴中流傳的傳說，那就是養鬼看門。

這個法門，需要那時候的術士去完成，普通人是做不到的。

而這個法門一般針對的是貴族的陵墓，還有就是秘密的寶庫。

這鬼的選擇也非常重要，就是要選擇那種具有「鬼打牆」能力的鬼，所謂鬼打牆，就是讓人

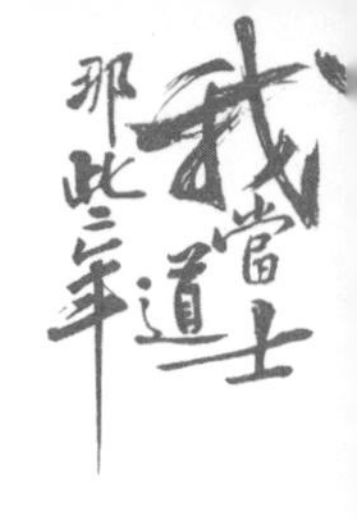

產生一種對路的幻覺，以為自己在前行，實際上卻是在原地不動，或者在自己熟悉的環境下，怎麼也找不到出去的路了，也可以是怎麼也走不到自己的目的地。

鬼之一物是一個大的分類，它們都是鬼，但是就和我們都是人一樣，所有的能力是不同的，必須有些鬼物怨氣沖天，人一見到，就有暴斃的可能，有些鬼物，則是擅長用自己陰冷的氣場，造成人的身體不適等等，這種讓人迷路的能力，也不算太稀奇，這種鬼要找到也不算太難。

一般的情況下是荒墳崗，那種不能落葉歸根的，也沒經過超渡，一直在找尋自己故土的鬼物！這是最基本的尋找方法，其中還有很多特例，但那些不足以被參考。

我說到這裡，酥肉有些莫名其妙地說道：「他們弄個鬼幹嘛？費心費力的！」

「呵，你以為多少人有資格這樣做？就算有資格這樣做的人，還不一定能夠找到為他們施法困鬼的人。為啥？你看我們這樣的情況，你說是為啥？永遠地迷失在墓道裡，困死在這裡，不是對這裡最好的保護碼？」我覺得酥肉問的問題簡直是幼稚。

「那咋才可以把鬼困在這裡呢？」凌如月眨巴著一雙大眼睛，顯然她的問題比酥肉有檔次多了。

「我經常問妳蠱術的問題，妳還說是秘密呢。」對這小氣丫頭，我不想大方地告訴她。

「哦……」凌如月拖了一個長長的尾音，然後對趴在牆上有些萎靡的花飛飛吹了一聲奇怪的哨音，然後喊到：「飛飛過來……」

我閉著眼睛趕緊說道：「一般用收魂符，收了這鬼，然後用養魂罐，放在牆角的地方，在這一段路刻一個鎖魂陣，其實一點都不難，但是太傷天和，肯做的術士不多，很多都是在威逼之下去做的。」

「哦，三哥哥，你閉著眼睛幹嘛，飛飛累了，我要讓牠休息。」凌如月一臉無辜地說道，順便把花飛飛裝進了竹筒，然後給了一兩粒黑色的吃食，我也不知道那是什麼。

這小丫頭就會裝無辜，我簡直受夠她了，還是酥肉夠哥們，拍著我的肩膀說道：「行了，三娃兒，你開天眼吃力，你咬我一下，我認了，我就知道你娃兒當時不對勁，肯定有啥想法，但下次你咬我之前，給我暗示行不？」

「去，給了暗示你就不讓咬了。」

「你咋知道？」

「因為你比我還怕疼。」

我和酥肉在扯淡，凌如月就在一旁眨巴著眼睛看，等我們扯完了，她才說道：「三哥哥，我們去找那個封魂罐來看看吧？我知道迷路鬼的，我想看看那封魂罐和我們養蠱的罐子有啥不一樣？」

「我也知道鬼打牆這事兒，剛才我就想問，我們是不是遇見鬼打牆了，哎，這事兒也不新鮮，村裡好幾個傳說了，都是天亮了就沒事了。」酥肉也在一旁說道，這小子就是事後英雄，現在他倒不怕了。

「廢話，天亮了當然就沒事了，陰消陽長的時候，哪個鬼有毛病還要出現啊？可你知道中午的時候，也容易迷糊被鬼打牆嗎？不過，這個懶得跟你詳細說了！反正我師傅說過，像這種事情其實也不麻煩，只要挖開墳墓見光就行了，一般大型的挖掘考古工作，就是防這個，然後一點一點挖下去的，至於盜墓的，因為這樣被困死的，不知道有多少，不過他們也有法子防備就是了。」一連串兒說了這許多，我有些乏了，又拿過水壺，灌了一口水。

看來酥肉這小子的準備也不是全無作用的。

我和酥肉一問一答，凌如月這小丫頭不耐煩了，說道：「三哥哥，你到底陪不陪我去找養鬼罐啊？」

我心想這墓已經夠厲害了，沒走多久，就已經遇見了打牆鬼，我實在沒心思陪她胡鬧，可是這丫頭只能哄，不能用強的，我只說道：「這養鬼罐子一定和你們的蠱罐不同的，是人的骨灰混合著陶土做成的，再說等下我們一出門，說不定就在牆角看見了。」

「那還等啥？我們走啊。」凌如月表現得很雀躍，這小丫頭就不知道啥叫害怕嗎？

我站起來，說道：「走是可以，我們往回走吧，這餓鬼墓我們不能繼續下去了。」

「三哥哥，都到這裡了，我們不走了嗎？這攔路鬼解決了，我們很快就可以找到奶奶他們的。」凌如月不滿了，我已經肯定了，這小丫頭確實不知道害怕是什麼。

就算剛才清醒的一瞬間，她也只是指責我往她嘴裡塞東西，而不是害怕。

「三娃兒，我覺得如月說的有道理，我們繼續走吧。」酥肉竟然也在旁邊勸道。

沒道理啊，酥肉明明害怕的，他咋也會要求繼續下去？我這個性格和我師傅比起來，顯然不夠果斷，更經不起煽風點火，他們這一說，我竟然也猶豫了起來。

師傅曾經說過，拖泥帶水是我在修心路上最大的阻礙，這句話是絕對沒錯的。

「酥肉，老實說，你那麼積極是為啥？」我很嚴肅，至少我得明白原因吧？

「還能為啥？我要見識金銀財寶啊！那麼大個墓，一定得有金銀財寶的。」酥肉兩眼發光，這小子對錢的追求無疑是達到了極致。

「可這是餓鬼……」我剛想說，忽然想起師傅的一個說法，說這個墓是墓中墓，餓鬼墓極有可能是依附而建，那麼……？

這樣一想，我的好奇心也來了，說道：「好吧，我們就去找師傅他們吧，但是我怕這樣的攔路鬼不止一隻，總之你們把沉香珠拿著，一有不對，就塞嘴裡，只要它不迷惑我們走錯路，其他

是沒啥危險的。」

兩個人見我同意了，連忙高興地點頭，雖然凌如月看似強勢，但無疑我才是裡面的決定人。

接著，我們三個人一起走出了這間我們來來回回見過兩次的密室，而一出門我們就呆住了。因為這條墓道露出了真實的面目，除了前五分鐘我們走的，是實實在在的路，後面我們根本就是在密室前幾步不停地原地踏步！

地上那紛亂而重疊的腳印，就說明了一切。

這隻攔路鬼好厲害啊，不僅能力如此之強，而且還有迷惑人繼續走下去的本事兒，我有些懷疑，如果不是有能毒到鬼的花飛飛，我們是否有能力去解決它?中指血估計是不夠的！

「看，養鬼罐！」酥肉喊了一聲，果然，在前方的牆角處有一個罐子，而罐子的前面，有三條分岔的路口，這才是這條墓道的真實面目。

而且，這個時候，我已經看見了地上，牆邊複雜的符紋，還有一塊玉鑲嵌在牆上，那玉上畫了一個很奇特的符號，是一張類似惡魔的，憤怒的臉，只是簡單幾筆就表現了出來！

但我可以肯定，那塊玉就是陣眼。

我們走到養鬼罐面前，其實就有點類似於裝骨灰的罐子，只是顏色是一種很蒼白的色澤，因為裡面混有骨灰，凌如月打開上面有個小孔的蓋子，發現裡面空空的。

「不會有什麼東西的，你以為鬼是有形的嗎？」我在一旁盯著那塊古玉，然後有些心不在焉地跟凌如月說道。

「鬼當然是無形的，可這事情也並非一定。」凌如月小聲嘟囔了一句，我可沒在意。

這時，我又有一個有趣的發現，雖然我對陣法之類的不是很精通，但是還是能淺顯的看出來，這裡可不止一個鎖魂陣，還有一個很小的聚陰陣，二個陣法，竟然靠一個陣眼同時運行！

「聚陰陣，怪不得這隻攔路鬼那麼厲害，養鬼，養鬼，這個人是真的在『養』啊！」我有些震撼，只不過還有一個說法，我沒跟凌如月他們說，就是陣法要靠陣眼的法器支撐，這世界上可不會有無緣無故的動力！

也就是說附在法器上的法力有多強悍，這陣法維持的時間就有多久，這塊玉上的法力一定驚人！

想著，我就不自覺地朝著那塊鑲嵌在牆上的古玉走去，並叫酥肉把菜刀給我。

酥肉把菜刀遞給了我，我把那塊玉撬了下來，這時凌如月說道：「三哥哥，這三條路呢，我們走哪條？」

第四十八章　選擇

是的，前面有三條岔路口，現在走哪條卻成了一個最大的問題。

其中一條是筆直前進的，一條是直接轉彎的，還有一條是斜著出去的，其中斜著出去那條和另外兩條墓道有很大的區別，因為上面沒有餓鬼浮雕。

「三娃兒，別選那條直道兒，我走直道都快走吐了，這樣直著一看，說不定還得有攔路鬼。」我還沒說話，酥肉就直接說了。

那小子挺一根筋的，在直道兒上吃了虧，是再咋也不肯走直道了。

油燈的光，亮得很有限度，而且我已經把它調到最小，我怕燈油浪費不起，所以這樣的光亮根本不可能照亮前方，讓我有個直接的判斷！

人的心理往往又很奇怪，有一句話叫做一朝被蛇咬，十年怕井繩，何況我們剛剛才經歷過，我以為酥肉的話不會影響我，可是我的心理下意識的就把那條直道兒給排除了。

我說了句：「我覺得直道上是比較容易有陷阱的，這條道我們不走，而且師傅他們要解決這個墓的事兒，也不可能對直走吧？如月，妳說呢？」

其實，我不敢肯定，這個墓太詭異了，剛才經歷的那一幕讓我有一種不敢面對，卻不得不面對的東西，這個墓如果不小心，那就是生死的問題。

我不知道凌如月有沒有這樣的想法，可是凌如月給我的答案也是一樣：「對，三哥哥，我們不選那條直道兒。」

就這樣，那條直道兒被我們排除，剩下的兩條路卻是難題了，就算我們年紀小，是少年心性，都很明白，找不找得到師傅，是我們安全的保障。

明明那麼危險，卻也不肯退卻，估計也就只有少年人才有這種冒險精神吧。

也就在我們猶豫的時候，一件詭異的事情發生了，那條拐彎的道兒，突然傳出了一個聲音，很像是一個女人笑的聲音，那笑聲不帶任何的愉悅情緒，就是那種很冷的，單純為笑而笑的聲音，讓人心寒到骨子裡。

我們三個有些毛骨悚然地對望了一眼，幾乎是同時的，毫不猶豫地跑進了那條斜出去的路！

跑進了了那條路之後，身後的聲音漸漸就沒有了，我們三個有些驚魂未定地停下來，剛才我敢肯定，我們幾乎是用跑的，只是我們自己身在恐懼中，而根本不自知。

現在停下來之後，我們三個就聽見了彼此重重的喘息聲，還有那咚咚的心跳聲，其實這點兒路不算什麼，關鍵的地方在於恐懼。

的確，那聲音有一種很神奇的力量，讓人在心裡就覺得恐懼，退縮，好像在面對一個非常強大的存在，根本無力抵抗一樣。

「狗日的！那是啥聲音啊，我一聽腳就發軟。」酥肉罵了一句。

「你忘了？郭二他們曾經提過這個聲音，可他們沒說過這麼恐怖啊？」我有些疑惑，覺得似乎抓住了一些問題，又沒抓住一樣。

「我咋知道，估計是郭二沒上過啥學，沒啥文化，形容得不夠好吧。」酥肉拿起水來喝了一口，又遞給凌如月，反正這小子一根筋，問了也白問。

凌如月喝了一口水，緩了過來，把水遞給我，然後才說道：「是很恐怖，那種恐怖，花飛飛都有反應了，在竹筒裡很焦躁。」

說話間，凌如月把花飛飛取了出來，果然花飛飛很焦躁不安地爬來爬去，而且那種隨時準備進攻的感覺非常明顯。

「快收起來吧，等下別咬我一口。」酥肉沒心思去體會花飛飛的心思，反倒是打量起這墓道來。看了半天，他才對我說道：「三娃兒，發現沒？這墓道不一樣啊。」

我沒好氣地說道：「早發現了，這墓道沒餓鬼浮離了，是吧？」

「是啊，感覺像進入了兩個墳墓似的。」凌如月也接了一句，接著她又說道：「可關鍵是，走這條道能找到師傅他們嗎？」

我沒好氣地說道：「兩個辦法，第一個退回三岔路口等，第二個，我們就回去。但是無論哪個辦法，都得經過剛才那裡，誰知道那裡有啥玩意兒。」

「就是，我不回去！」酥肉急了，讓他再聽一次那個聲音他都受不了，要是想著可能面對，他就更不樂意了。

「哎，要是小黑在，就好了。」凌如月忽然感歎了一句。

「小黑是啥？」我有點不能理解，我覺得小黑一般是狗的名字吧。

「一種蠱蟲啊，隔著很遠都能感應彼此的位置，奶奶身上有一隻，只要我們在這墓裡了，我把小黑放出去，跟著牠走，就能找到奶奶。可惜奶奶就怕我跟來，給我收走了。」凌如月小聲地說道。

酥肉沒心沒肺地說了句：「這樣看來，妳奶奶還挺瞭解妳的。」

「死酥肉，你說啥？」凌如月說著就要翻臉。

我簡直懶得聽這兩個人扯淡，說道：「別鬧了，我們現在還不夠慘嗎？走吧，總不能在這兒

待著吧，總之人在不在，得找過了再說。」

「三娃兒，你意思是說進去？」酥肉小心地問道。

「不然呢？你不想看金銀財寶嗎？我們現在走這條路，就是去看金銀財寶的！」其實走上這條路，我心裡還是有底的，所以才敢進去找師傅他們。

我的想法是，如果我師傅他們不在那裡面，我們就出去，在墓道裡等著，因為在那個時候師傅他們很有可能就解決完了另外兩條路上的事兒，說不定會往這裡趕，再不濟，那冷笑的女人總得被師傅他們解決了吧？

「金銀財寶？不行，三娃兒，你得和我說說咋回事兒？」酥肉一下就拉住了我。

「對的，三哥哥，為什麼可以進去找啊？」其實凌如月那小丫頭怕了，這條墓道相對平靜，讓人有一種安全感。

「因為我師傅曾經說過這個墓很有可能是墓中墓，現在進來了，我可以肯定這件事兒了，你們沒發現了，這條墓道跟那兩條墓道的風格完全不一樣，那兩條墓道延伸進去的，才是真正的餓鬼墓，而這一條，應該是餓鬼墓依附的墓中墓，那麼下去之後的這個墓，肯定就沒有餓鬼的存在，那墓裡最多不過是死人，死了很多年的死人，你們怕嗎？反正我不怕！」我說的是實話，我確實不怕死人。

「萬一，萬一……有鬼呢？」酥肉有些神經緊張地說道。

凌如月到底是個女孩子，被酥肉這神叨叨的語氣嚇了一大跳，一下子抓緊了我的手臂。

我「啪」地一聲重重地拍在了酥肉的肥肉上，說道：「你別在那兒用這種語氣嚇人！這人可不能嚇，自己嚇自己都不成，因為一驚嚇，氣場就弱了，這氣場一弱，才容易被迷惑，被鬼纏上，你小子找打呢！」

酥肉聽我這麼一說，立刻把胸膛挺起來了，拍得啪啪直響，說道：「老子會怕？剛才老子的血才滅了一隻，老子身上血還多著呢，來多少滅多少！」

但是凌如月卻有些頹廢地說道：「飛飛不能消耗太多毒液的，得休息休息。」

而且我也沒說，中指血其實是有限制的，就比如在一天之內只能用一到兩次，只有那一到兩次裡面才有那麼重的陽氣，多了也不行！

不過，一個墓裡能有多少鬼啊？在我的想法裡，一個墓裡就葬著一個人，就算最壞的情況有鬼，也就是一隻，我還能想到辦法對付，再說了，還不一定有呢。

安慰了一下凌如月讓她放心，我帶著酥肉和凌如月大踏步地朝著墓道深入了進去，我當時不知道的是，我因為剛才讓一隻鬼魂飛魄散了，運勢是屬於最低的時候，我以為一切都盡在自己的把握。

接下來的一切，已經不能用恐怖來形容了。

第四十九章　縫隙

我在那時候對古墓沒有任何的概念，更別提對古墓的結構有什麼認識，忌諱之類的更是一無所知，而以我當時初中生那點兒可憐的歷史知識，我是更不可能針對那座古墓的特徵，做出什麼相關的判斷。

我們三個人，在那個時候用著最簡陋的東西，就這樣在墓道裡前行，所有可以利用的不過是一盞油燈、一些沉香珠子，一根不知道用法的虎爪、一隻已經有些萎靡的花飛飛、一把菜刀、一根擀麵杖、幾個饅頭、一壺水。

雖然我是學玄學的，凌如月是蠱術的傳人，酥肉是個打架不錯的胖子，可我們在古墓裡的生存能力甚至比不過一個經驗豐富些的盜墓賊。

而這樣的情況還不是最糟糕的，最糟糕的是我竟然不知我的運勢在最低點，只要有一些微小的可能，一切都將朝著最壞的方向發展。

這墓道看似是平行的，卻有一個微妙的向下坡度，我們三人一開始不知道，這就是一個視覺遊戲，直到我們走了整整三分鐘以後，酥肉猛地一回頭，發現我們開始站那地方，就快看不見了。

「三娃兒，我以為我是直著走的，你看？」酥肉一把扯住我，讓我回頭看。

凌如月也注意到了這個問題，她的小嘴嘟起，輕聲說了一句：「怎麼是胖哥哥先發現呢？」

她這麼一說，我的臉色也難看了起來，要說靈覺，我和凌如月比酥肉強，怎麼我們沒發現？不要以為所謂的靈覺就是發現鬼啊、神啊之類的東西，靈覺這種具體的解釋，就是可以憑藉一種感覺，發現周圍細微的變化，那是一種人類的感應能力，用科學的話來說就是第六感。

酥肉還在猶自的不服氣，在和凌如月爭辯，我咋就不能先發現之類的，我的心情卻一直陰霾，因為靈覺幾乎是我最大的依仗，如果這個時候不靈了，在墓裡我們會很危險。

難道是剛才開天眼造成的？我想著心事，悶頭前進，我的沉悶導致酥肉和凌如月也不咋鬧騰了，可就在這時，酥肉一把拉住了我，那臉色是從來未有過的焦急，而凌如月的小臉在那一瞬間也變得煞白。

「幹啥？」陡然這樣被拉住，又不說話，我有些火大，這不是什麼被邪物挑起的莫名火，而是環境、壓力，加上胡思亂想種種心理原因結合起來所發的火！

在危險的環境下，或者就是一場異常簡單的法事，都有一個最大的忌諱，那就是道心不穩，

平日裡嬉笑怒罵反倒是一種發洩與表現的形式，可以穩固一顆道心。

這是一個很簡單的剝離過程，如若情緒不能隨心，積壓多了，心也就會被埋葬起來。所以，往往真正的修道之人，反而不是電視裡描述的那樣仙風道骨，他們更直接。

可我偏偏在這種時候，心靈又出現了一絲極大的縫隙，可見我的個人情況糟糕到了什麼程度？

「三娃兒，你自己看。」可能是被我的無名火嚇到了，酥肉小心翼翼地指著地下說道。

我低頭一看，我的腳下已經沒路了！下面是一個高度快接近二米的坎，坎底下是什麼，卻一片黑沉沉的看不清楚。

在那一刻，我有一種背上的細毛都要立起來的感覺，這不是坎有多恐怖，而是腳下有坎，我竟然都不自知！

「我也沒發現，好在胖哥哥擋了我一下。」凌如月的臉色還沒恢復過來，顯然人在有意識下去，和無意識摔下去是兩個結果，這點兒我們都知道。

為什麼會這樣？我的迷惑簡直越來越深，就好像一口氣堵在胸口似的。

「我也以為有路的，你們看前面。」酥肉說著，指向了前面，前面竟然出現一道橋，橋頭上立著兩個雕塑，但是憑藉油燈昏暗的燈光，根本看不清楚那雕塑是什麼。

這個縫隙就出現在橋和這條墓道的連接點前面，而這時這墓道又呈現一種詭異的向上的角度，這個縫隙又恰好在中間，是個視覺上的盲點，如果不注意，確實不容易被發現。

至於橋的那頭是什麼，我就再也看不見了。

這縫隙不深，可是那寬度卻不是我們能跳過的，古墓裡沒有風，我也很難去判斷橋下面是不是空的，總之在我個人看來，這古墓實在太過於複雜，有長長的墓道，竟然還有橋。

「三娃兒，我覺得你和如月不對勁兒，誰到這種地方來，不是小心翼翼的啊？你們怎麼一個個跟被鬼迷了似的，這縫隙就在腳邊了，竟然都沒發現？」酥肉有些不滿地說道。

我和凌如月對望了一眼，卻無言以對，其實在當時我們也不知道原因。

我只能以自己開眼了來做解釋，而凌如月也只能以她指揮花飛飛太過耗神了來解釋，她絲毫不知道，因為那攔路鬼被殺，花飛飛吐出的那口毒液，也算在了她的因果身上。

「算了，休息一下吧。」我有些無奈，接過水壺灌了自己好大一口，然後閉目養神，在心裡默念起了師傅教的靜心口訣。

他們不明白，我為啥會忽然就這樣疲憊，只能在一旁默默地等待，一時間氣氛更加地沉悶。

過了好一會兒，在整整默念了七遍靜心口訣以後，我才睜開了眼睛，說道：「你們看見了，我們不能直走了，因為這個縫隙我們是跳不過去的。」

「然後呢？」酥肉問道，顯然那恐怖的笑聲還在他心間繞著，在這個時刻他是不願意回去的。

「我們待在這裡？」凌如月插嘴說道，顯然這餓鬼墓的種種，已經讓她失去了一開始的好奇和興奮，特別是自己一而再的「失誤」。這種感覺很是難受。

靈覺，對於道士來說重要，對於一個蠱術師來說，何嘗又不重要？

「不然，我們就退回去？」酥肉把最不情願的選擇說了，他不想，所以才說出來。

我搖搖頭，說道：「我們還有第三個選擇，那就是下去！」

確實，這也是一個選擇，從表面上來看，停在這裡是最好的選擇，退一步，退回去也是好過下去，人總是對未知的事物充滿恐懼，何況出現在古墓裡的一個黑沉沉的縫隙。

「你說啥？三娃兒，你瘋了啊？」酥肉不由自主地喊了一聲。

「不要，那感覺像是在給自己下葬！」凌如月的言辭顯然要犀利得多，讓人更毛骨悚然。

「不，我這樣做是有原因的，你們知道陣法不?別往玄學方面扯，就是對建築學精神一點的人，都能用的陣法，我覺得這個墓道太詭異了，我們順著路走，說不定就迷失在陣法裡了，走不出來。」這是我的一個判斷，當然，我也是有點把握的，陣法最愛玩的就是視覺遊戲，利用人們各種的視覺盲點。

如果說一條路呈現了這樣的特徵，基本上可以判斷為陣法的。

「這個理由不行的，三娃兒，你這個理由不能說服我下去的。」酥肉指著黑沉沉的洞口說道。

「聽我說完！任何陣法都有生門，這種生門不一定是很直接的路什麼的，也有可能是一種提示，你看見那橋沒有？你知道橋的基本結構，是要有橋墩的，也就是說明橋的下部需要一定的空間，你見過在平地上修一座有弧形的橋沒？見過沒？」我說道，其實說起來，我並不是精通建築學，這只是一種基本的常識。

在念過靜心口訣以後，心靜下來了，也就能具體分析了。

「可這又有什麼關係？我可以退回去，或者就待在原地。」酥肉覺得這根本就是無關緊要的。

「是的，三哥哥，這又有什麼關係？」凌如月也不解。

「以我對陣法的一些淺顯的瞭解，一般這樣佈陣是為了迷惑，為了保護什麼，我不瞭解古墓，我只是通過這些來判斷，真正的古墓在這墓道下面，所以這就是我要下去的理由，這個縫隙一定是人為的！」我終於說出了自己的全部判斷！

第五十章　墓室壁畫

我的話顯然取得了酥肉和凌如月的信服，他們是相信真正的墓室就在這通道底下，可就算這樣，也不是要下去的理由，危險已經磨掉了他們那顆為冒險而雀躍的心。

「三娃兒，就算是，我們也不要下去了，真的，我覺得我們現在不要去冒險了。」說完，酥肉說完又下定決心似地跟我說：「大不了金銀財寶我就不看了。」

凌如月咬著下嘴唇不說話，她顯然也有些怕了，可是心裡卻還想見識一下，探索一下，所以開始猶豫不決起來。

「你們相信我嗎？」我很認真地說道。

「咋了？」酥肉有些懵，他一直是很相信我的，也不明白在這個地方我為啥會這樣問。

凌如月和我認識的時間還短，說不上什麼相信不相信的，可是她也給了一種肯定的眼神，攔路鬼的事情以後，我明顯感覺到這小丫頭比較依賴我了。

「因為我感覺師傅他們應該在這古墓裡，所以我堅持要下去，去找他們。」我非常認真地說道。

甚至這個縫隙，我也認為是師傅他們的「傑作」。

「那還猶豫啥，咱們下去吧。」酥肉聽我這樣一說，立刻就聽從了我的意見，他從小到大在山上廝混，早就知道了一個說法，我靈覺強，靈覺強的人預感也就強。

另外，他很相信我。

凌如月也點頭，說道：「我相信三哥哥的。」

既然決定要下去，我們就開始行動，第一個要下去的就是酥肉，因為他體重的關係，他跳下來誰也不可能接著他，我的力量還可以，最後就決定由我拉著他，先放下去，再跳。

「狗日的酥肉，你今天少吃一碗飯，都能輕一斤吧？」我大聲地罵道，現在的我拉著酥肉，而酥肉貼著縫隙慢慢地往下滑，這樣能減少高度，跳下去，也就避免了傷害。

無奈我自負力氣不小，可酥肉也太沉了，做為他往下滑的支撐點，我覺得太辛苦了。

「好吧，三娃兒，放手吧，我要跳了。」終於酥肉的聲音從下面傳來。

我鬆了一口氣，緩慢地放手，就聽見下面傳來一聲沉悶的「噗通」聲，接著就聽見酥肉「唉喲」了一聲。

「酥肉，沒事兒吧？」我趴在縫隙的邊緣，大聲喊道，我是真的擔心酥肉，畢竟他是第一個下去的。

過了好半天酥肉的聲音才從下面傳來：「沒事，就是摔了一下，被什麼東西硌著了，好黑啊，你們快點下來，把油燈也弄下來。」

我把油燈交給凌如月，對她說道：「那我先跳下去，等下妳拿著油燈跳下來，我和酥肉在下面接著妳。」

畢竟我從小就是練過的，這點高度小心點兒，也還好。

說完話，我就貼著邊緣跳了下去，一個沒站穩就撞到了酥肉，酥肉嚇一跳，說道：「下來也不說一聲，嚇死我了。」

我剛想說酥肉兩句，卻發現這裡黑得可怕，基本上屬於伸手不見五指，只能看見縫隙上面非常微弱的油燈光芒，只要凌如月拿著油燈稍微退一步，連這點光芒我們都看不見。

「我以為你看見我下來了，沒想到這兒那麼黑。」我隨口說了一句，接著就聽見凌如月的聲音從上面傳下來，她說：「胖哥哥，三哥哥，我跳下來了，你們接著我啊。」

話剛落音，就看見凌如月跳下來了，因為她拿著油燈，特別的明顯。

「我×，這小丫頭還給不給人準備時間了啊？」酥肉罵了一句，快步迎上去。

我也有同樣的想法，也跟著迎了上去。

結果，凌如月就跌坐在我們肩膀上了，由於沒坐穩，我還拉了她一把。

「呵呵，好刺激啊。」凌如月高興得哈哈大笑，酥肉苦著臉說：「我屁股還在疼呢，妳又在肩膀上給我來那麼一下，妳是刺激了，我呢？」

「好了，快下來吧。」我說了一句，然後和酥肉一起把凌如月放了下來。

小丫頭剛一落地，把油燈一擺正，就開始驚聲尖叫了起來，我當時正在打量我們頭頂，這是我的習慣，看什麼都喜歡先往上看。

而酥肉正在揉屁股，一聽凌如月叫，他又被嚇到了，咋咋呼呼地吼道：「叫啥啊，叫啥啊？」

我懶得理他們，正準備要拿油燈仔細看看這頂上，由於油燈灰暗的光芒，我模糊地看見，這地方的頂上有浮雕。

可是這時，酥肉也開始驚聲尖叫了起來。

我不耐煩地一皺眉，轉頭一看，酥肉和凌如月就像在跳舞似的，又蹦又跳地指著地上，喊著這裡，那裡……

什麼啊？我走過去一看，我也倒吸了一口涼氣，這地上好多骨頭，是人骨！

「停！別叫！」我大聲吼道。

他們兩個總算消停了，畢竟骷髏這種東西是個人乍然一看也接受不了啊，何況這裡，我拿過油燈，仔細看了一下，有那麼多！

酥肉的臉色很難看，因為他看見了一個碎掉的骷髏頭，而那個骷髏頭顯然是他跳下來之後給壓碎的，他還說是有什麼東西硌著他了。

「怎麼一個墓裡會有那麼多死人的？三娃兒，你說咋回事兒啊？」酥肉覺得自己掉進死人堆裡了。

凌如月從最初的驚嚇之後，已經安靜了下來，畢竟這小丫頭平日裡接觸的毒蟲，可比這些已經沒有生命的骨頭可怕多了。

我不說話，因為此時我的心神已經完全被牆上的一個符號吸引住了，在符號下面有一幅壁畫，還有一些文字。

「三娃兒，三娃兒？」酥肉在旁邊喊道。

我臉色有些難看地對酥肉說道：「你如果想知道答案就安靜一點兒，我在看。」

那個符號我很熟悉，跟我在三岔口收來的玉珮上的一模一樣，同樣簡單的幾筆，同樣表現的是一張惡魔的臉，這根本就是同一種符號。

但是這個墓顯然不是餓鬼墓，而是屬於餓鬼墓的墓中墓，怎麼會有一樣的東西？

而那壁畫顯示的是一群群虔誠的人在膜拜，然後又一排排的人帶著一種狂熱的表情排隊進了一輛輛的車，而車行駛的目的地是一道門，那是一道墓門。

而在墓門的背後，畫著一條怪物，看樣子應該是蛇，可是跟蛇又有些許的不同，因為牠頭上有獨角，腹下竟然有兩個爪子。

這是什麼東西？似龍非龍，似蛇非蛇，是蛟嗎？更不是，蛟可不是這樣的。

但畫面的意思，我還是大概還是能明白，那些人是在膜拜獻祭，那些表情狂熱被送上車的人就是祭品，至於吃掉這些祭品的，就是那條怪物！

而那怪物就養在這個墓地裡！

我的冷汗刷地一下就流了下來，我不認為和怪物相遇是一件愉快的事情。

我幾乎是用跑的衝到了那幅壁畫面前，因為下面還有一排小字，因為要讀很多古書的原因，我對古代文字是有一定認識的，只不過川地在那時候，一向屬於蠻夷之地，如果是特殊的文字，那就糟糕了。

還好，這文字就是一般的古文繁體，非常好辨認，我閱讀理解起來並不困難。

可是，我讀懂了其中的內容以後，心裡卻更加的忐忑，以至於我反覆看了幾次。

酥肉和凌如月這時也走了過來，我們畢竟也只是孩子，在這到處都是人骨的地方，還是待在一起比較有安全感。

「看出什麼了啊，三娃兒？」酥肉在旁邊問道。

我擦了一把冷汗，說道：「這是一個死在這裡的盜墓者留的，他說這是一個部落大巫師的墓，他是來找一樣東西，可是遇見了還活著的怪物，只能被困死在這裡。」

「啥？啥怪物還活著啊？」酥肉有些不解。

我指著壁畫上的怪物說道：「就是它。」

第五十一章　屍骨

咚咚咚，酥肉連退了三步，顯然壁畫上那猙獰的玩意兒嚇到了他了，他也不是傻子，何況這壁畫上的一切畫得那麼明顯，他至少能看出來，這傢伙是吃人的。

「這不是最糟糕的，糟糕的是這個！」我指著頂上的浮雕，隨即把油燈也遞了上去，一下子整個浮雕就看得清清楚楚。

酥肉嚇得「哇呀」一聲就坐下了，因為在這個房間的頂上雕著一條栩栩如生的，那個怪物的雕像。

可是凌如月卻很鎮定，按理說骷髏頭都能把她嚇成那個樣子，這個浮雕，還有我剛才指的那個怪物她卻一點兒都不害怕。

我看出來了，問道：「如月，妳不怕嗎？」

「為什麼要怕？我知道這個東西，養蠱的人會用牠的毒液。」只要一涉及到蠱術的東西，凌

如月就不怕了。

「妳見過？」酥肉這時也從地上爬起來了，他很好奇，凌如月見過這種怪物。

「見過，這是一種蛇，蠱苗寨子裡也很少有人有這種蛇，是很厲害的蠱物，我們叫牠『黑曼』，是黑色的曼陀花的意思。傳說中黃泉路上開滿了紅色曼陀羅花，踏上黃泉路，既是不歸路，見到這種蛇，也就是踏上了不歸路。」凌如月認真地說道。

黑曼？我的腦子暈乎乎的，聽都沒聽過，以我有限的知識，我只知道黑曼巴，綠曼巴之類的毒蛇，什麼時候冒出個「黑曼」啊？

我有些不相信地望向凌如月，這小丫頭不是在扯淡吧？

可是凌如月只是淡淡地說道：「厲害是厲害，算不上頂級的，這世界上奇怪的毒蟲毒蛇，千奇百怪，你不知道算正常，對哦，牠在你們漢族也有種說法呢，叫『燭龍』，長成那麼大一條的真少見。」

「牠有角，牠有爪子啊！」酥肉猶自不相信這是一條蛇。

「任何的生靈到了一定的程度都會異變啊，何況蛇這種那麼有靈性的東西？」說著，她有些神秘地望向酥肉：「你見過異變的狐狸嗎？」

「我×，別給我說這些，我怕。」酥肉不想聽了，在死人堆裡聽這個，誰有興趣？

「異變？妳說的是修煉成精？」這些傳說我倒是聽了不少，可惜我的師傅不給出任何的意見。

「是啊，成精，這條黑曼不倫不類的，距離成精還早著呢，估計是被人發現，當神物供起來了，可是神物為什麼要陪葬呢？」這丫頭咬著指甲，也不知道在想什麼。

我深吸了一口氣，說道：「凌如月，我認真的，是認真地問妳，為啥不怕？」

「因為牠死了啊！」凌如月淡淡地說道。

「牠死了？」我有些不相信。

「走吧，我們走下去就能看見，反正到了墓室，奶奶他們也不會太遠了。」凌如月有著強烈的信心。

而我決定相信她，這是我未知的領域，我只能相信她，我甚至連燭龍是什麼都不知道。

「三娃兒，你剛才說最糟糕的不是這個是什麼意思？」酥肉看見我和凌如月走了，連忙追上來問道。

「很簡單，這裡有黑曼的雕刻，說明這裡是屬於牠的地盤，加上地上那麼多人骨，我覺得這裡是飼養室，忘記歷史課了啊？在奴隸時代，那些獻祭的活人，總是一堆堆地被埋在一起，這裡就是蛇吃東西的地方。」其實我也不知道具體的理由，我只是看到這個雕刻，就有這種感覺。

「是啊，蛇吃東西，把能消化的消化了，不能消化的吐出來，這些人骨很完整啊。」酥肉和

我一樣，在鄉下長大，這些見識還是有的。

可怎麼想怎麼讓人覺得毛骨悚然，蛇吃東西的過程，我可不想看見。

這間墓室不大，很快我們就走了出去，按照壁畫下面的文字說明，這裡是唯一能安全進到主墓室的地方，那個盜墓者之所以飲恨，是因為他沒料到那條黑曼能活那麼久。

我不清楚歷史，但我知道那個盜墓者書寫的既然是古代繁體，那也就是古人了，在這一點兒上我相信凌如月，我們距離古人，就算最近的清朝，也有一百多年歷史了。

那黑曼不可能活到現在吧？

出了墓室，又是一條墓道，和上面墓道不同的是，上面那條墓道青磚鋪就，而這裡只是簡單的泥土道，而且走不了幾步就能見到人的屍骨，壓根就像一個蓄養畜生的地方。

墓道的兩旁有好幾間墓室，無一例外的裡面都是人骨，我簡直不敢想像，這條黑曼到底吃了多少人。

泥土道不長，走了一小會兒就到頭了，而和泥土道交接的是青磚地，這是一個大廳，透過油燈的光，隱隱可以看見有一個平臺，平臺上像堆著什麼東西。

我們三個對望了一眼，快步地走上前去，反正到了這裡，有什麼新鮮的，也總是要看看的，那堆著的東西一動不動，我想沒什麼危險吧。

當我靠近了平臺，拿著油燈一照那平臺上的東西，這次是換我跌坐在地上了。

因為平臺上有一副巨大的屍骨！那是蛇骨！

凌如月也捂住了嘴巴，酥肉不停地罵著：「狗日的，狗日的……」

我無法衡量那具屍骨有多大，可那平臺快趕上我們學校半個操場了，而這具屍骨幾乎堆滿了整個平臺，我看見了蛇頭，那蛇頭的屍骨！果然有一個角！非常猙獰的大角！

好容易我們三個才平靜下來，幸好牠死了，已經化作了一堆骨頭，否則面對活生生的牠，先不說牠的奇毒，就說牠這體型，我們三個就是三隻螞蟻。

「這……這頭怕是有半個我那麼大。」酥肉好半天才說出這句話。

而凌如月冷靜得最快，她仔細地摸過這個平臺，臉上竟然有一種痛惜的表情：「真是富有啊，那麼好的材料，竟然用來修建一個平臺。」

「什麼材料啊？」我不懂，難道這平臺不同？

這平臺的顏色是一種非常奇怪的灰色，靠近了就覺得有些冷，這種冷是先冷進了心裡，然後由內而外地散發到了身體上。

「是什麼材料，我不能說，反正用來養喜陰的蟲物是很好的，難道這條黑曼能長那麼大，我從來就沒在寨子裡聽過這樣大的黑曼存在過。」凌如月感慨。

陰性材料？我想到了以前那個聚陰陣，被師傅毀掉的聚陰陣，難道……是為了這黑曼？不對啊，餓鬼又是怎麼回事？

我發現，越深入這個古墓，就越多的謎團纏繞著我。

我一邊思考，一邊手就開始無意識地亂摸，結果一不小心就摸到了黑曼的屍骨上，一種透骨的陰冷一下子傳遍了我的全身，就像那條黑曼活過來了，正陰冷地盯著我。

我怪叫了一聲，立刻把手挪開了，而就在這時，我發現了一個很嚴重的問題，以至於我指著那副屍骨說不出話來。

「三娃兒，三娃兒，你咋了？」酥肉首先發現我的不對勁兒，就像一個哮喘病人，呼呼地吸氣，卻怎麼也吸不進去一樣。

而凌如月也被我這個樣子嚇到了，我不知道凌如月眼裡我是什麼樣的評價，可我至少可以肯定她認為我是一個冷靜的人，不然也不會那樣坦然地面對攔路鬼，這副模樣是什麼意思？

酥肉急了，一下子給了我一巴掌，吼到：「三娃兒，你倒是說話啊！」

要感謝酥肉這一巴掌的效果，我終於覺得緩過了氣來，我指著蛇骨說道：「你們仔細看看，能發現什麼？」

第五十二章　未知的恐懼

仔細看？酥肉和凌如月聽到我的話以後，開始仔細地觀察起蛇骨來，酥肉看了半天沒發現任何問題，而凌如月只是看了一小會兒，神色就開始和我一樣，變成恐懼而擔憂。

「到底咋了嘛？」酥肉很不滿地說道，他確實沒看出任何問題。

「你怎麼那麼笨，你剛才沒看出來嗎？這骨頭上有很明顯的啃噬痕跡，也就是說牙印。」凌如月因為恐懼，對酥肉說話時，聲音就顯得尖厲起來，不像平常時那般可愛。

「牙印？牙印又咋了？只得你們怕成……」忽然，酥肉不說話了，他一下子跳起來說道：「那意思就是，那麼厲害一條大蛇，是被別的東西吃掉了？」

我真佩服酥肉，那麼大的一堆肥肉，竟然能跳那麼高！

是的，我剛才無意中摸到蛇骨的時候，我就感覺有些凹凸不平，這感覺很明顯，當我被蛇骨那種陰寒刺激得把手拿開的時候，我就下意識地看了一眼，就發現了那個啃噬的牙印。

結果，再仔細一看，更發現不少，面對著激動的酥肉，我說道：「最糟糕的不是這個，黑曼在這裡被吃掉，就意味著吃掉牠的那個東西，就在這個墓裡。」

「能吃掉這條黑曼，說明牠的實力絕對的強於黑曼。」凌如月補充說道。

「你們別說了，說得我毛骨悚然的，這條大蛇好歹我還知道是什麼，心裡還有點底，可是……」酥肉說不下去了，也就在這時，空曠的墓室裡忽然傳來一聲哐啷的聲音。

我們三個同時驚恐地對望了一眼，酥肉哆哆嗦嗦地跟我說：「三娃兒，開天眼看看吧。」

還看個屁，我一手扯著酥肉，一手扯著凌如月說道：「跑！」

說完，我就拉著他們兩個往來時的路上跑，我知道要說安全，只有那裡是最安全的。

兩個人簡直是下意識地跟著我跑，我們身後傳來了更大的一聲哐噹的聲音，那聲音絕對不是來自那個大廳，而是這墓裡別的什麼地方，可是我現在一絲好奇心都沒有，一絲都沒有！

我們三個跑的速度極快，簡直是超常發揮，雖然那條土墓道上有不少人骨，讓我們跌跌撞撞的，可是我們還是連滾帶爬地爬回了先前那個縫隙下的墓室。

「三娃兒，要咋上去啊？」酥肉著急地大喊。

我喘著氣吼道：「不用上去，我有辦法！」說話間，我已經搶過了凌如月的油燈，幾步衝到門前，仔細地摸索著，找尋著。

此時，更糟糕的事情發生了，我們聽到了一聲巨大的咆哮聲，根本不知道是什麼東西，凌如月到底是個小丫頭，此時忽然哭著喊道：「我想奶奶，我想姐姐……」

酥肉在旁邊只是大喘氣，他也慌了，已經顧不上安慰凌如月了。

冷靜，我深吸氣，告訴自己一定要冷靜，終於我發現了我要找的東西，使勁地按了下去，整個墓室一陣晃動，一塊石門「轟」的一聲落了下來。

隨著石門的落下，一些小小的安全感也重新回到了我們的心中，我有些疲乏地喘了一口氣，走到酥肉和凌如月面前坐下了。

「師傅說過，自己造的因，就要自己承擔果，果的好與壞，就看自己是用什麼樣的態度面對！墓是我們自己要下的，所以，我們現在就要承擔結果，如月，妳別哭了。」這番話是我對凌如月說的，也是我對自己說的。

凌如月抽噎著，終於不哭了，這番狼狽的奔跑，讓她的小臉也花花的，把姣好的容顏都遮蓋住了。

酥肉歎息了一聲，默默把菜刀和擀麵杖拿了出來，選了一下，把擀麵杖遞給我了：「三娃兒，我爸說過，手裡有點啥，打架底氣也要足點兒，我也不知道外面會來個啥傢伙，總之要是擋不住了，我們就拚了吧。」

酥肉從來都不缺乏的，就是光棍的氣質！要不然他咋能在鄉場中學當個混混娃的頭子呢？還不是打架打出來的。

我握緊擀麵杖，點點頭，到了那種時候，也就只有拚命了，少年人最好的地方就在於這裡，總還有一股豁出去的勇氣。

而且師傅說過，只要有身體的東西，物理打擊都是有用的，管它是什麼妖魔鬼怪！在師傅的往事裡，那條厲害黃鼠狼不也是也被一群人也活生生地打成重傷了嗎？

凌如月冷靜下來以後，用手抹了一把小臉蛋兒上的眼淚，一張臉顯得更花了，可是現在卻沒人在乎這個，她自己那麼注意收拾的一個小ㄚ頭也不在乎，她只是問道：「三哥哥，你怎麼知道這裡有門的？」

「那裡說的。」我指著壁畫上的文字說道，「那個人說，他對機關很是擅長，發現這簡陋的墓室裡竟然有道石門機關，幾乎可以當小的斷龍石來用，他不知道這裡為什麼會有，但是為了躲避大蛇，他就躲到了這裡，放下了這道石門，最後他不堪饑渴的折磨，決定出去拚一下，生死難料，就留了這一段話在這裡。」

凌如月點點頭，沉默了起來，也不知道在想什麼。

酥肉從包裡掏出饅頭分給我們，說道：「先吃吧，吃飽了有力氣去拚命。」

此時，一陣陣震動從我們坐的地上傳來，仔細一聽，有很模糊不清的腳步聲，到底是什麼樣的傢伙，才能傳來如此大的震動啊？

酥肉有些緊張，饅頭在他手裡，都快被他捏扁了。

凌如月說道：「三哥哥，你是太驚慌了，所以你沒有想到一個問題，我們頭頂上的縫隙，是那個留言的人來之前沒有的，否則一個兩米高的縫隙怎麼能把他困死在這裡。」

酥肉頭也不抬地說道：「這又能說明啥？」

「說明我們可以從這裡出去！那個石門可以幫我們擋住那個怪物！」我一下就興奮了起來，把饅頭擀麵杖什麼的都塞回了酥肉的背包裡。

地上的震撼來得越來越強烈，腳步聲也越來越清晰，我二話不說地吼道：「酥肉，你先上去，我馱你起來，等下是沒有辦法拉你的。」

有了一絲生的希望，那無論是什麼，人都會拚命地抓住，縫隙不過兩米左右的高度，我先費力地馱了酥肉上去，然後我抱起凌如月，酥肉在上面拉，把凌如月也弄了上去。

最後我深吸了一口氣，喊道：「酥肉，你拿著油燈照好一點，我跑幾步，然後踩著地往上跳，你抓我一把就是了。」

「嗯！」酥肉重重地點頭。

好在平日裡總是練著的，輕身功夫不說多精通，彈跳能力還是比普通人強的，我一直往後退，直到退到了石門所在的地方，深吸一口氣，正準備助跑幾步，地上卻傳來一陣無比強烈的震動，我在猝不及防的情況下，竟然跌倒了。

我聽見了非常清晰的「咚咚咚」的腳步聲，說是腳步聲，其實怪異得像步子非常不連續似的，我說不上來時什麼感覺。

但是那腳步聲不是落在青磚上的聲音，而是帶著踩在泥地上的沉悶。

「三娃兒！」酥肉大聲地吼道，他和凌如月在上面也聽見了。

我努力地讓自己冷靜下來，重新站了起來，這時我身後的石門也開始震動，那東西竟然知道我們在這裡！牠是怎麼知道的？

這古墓裡的一切都太成謎了。

來不及思考什麼，我開始奔跑起來，耳邊是呼呼的風聲，在快要靠近牆的時候，我伸出一隻手，使勁全力地一跳，酥肉也一把就抓住了我，只是慣性太大，他原本趴在地上的身子都被帶出了小半截，差點重新掉下來。

「酥肉，抓緊點兒！」我的手腕被酥肉捏得生疼，我大喊了一聲！

「你就放心吧，就算上面有人要我命，我也不會放手！」酥肉這句話幾乎是咬著牙說出來的。

接著這股力，我另外一隻手終於費勁地扒拉住了縫隙的邊緣，這件墓室的石門震動得更厲害了……

第五十三章　奪命狂奔

我費力地爬上了縫隙，由於是背朝石門的，我看不到後面發生了一些什麼，站起來之後，我才發現剛才那一跳太猛，身上有些擦傷，我顧不得疼痛，就要招呼酥肉和凌如月快跑。

可是酥肉卻還是趴在地上，一副有些傻傻愣愣的樣子，我一把扯起酥肉吼道：「還發啥呆，快點跑！」

酥肉把油燈遞給我，有些呆滯地說道：「三娃兒，你看，石門要開裂了，剛才我竟然想和它拚命。」

我抓過油燈，凌如月也湊了上來。

原本以油燈的光芒是照不到這墓室底下的，可是那石門非常的巨大，油燈勉強能照到它，我清楚地看見，石門上竟然起了裂縫！

我和凌如月同時吸了一口冷氣，我們不知道在這石門背後到底是個什麼樣的怪物！可我們知道，這麼大一扇石門竟然撐不了多久！

儘管我是一個小道士，儘管我從小接觸的鬼鬼怪怪的事情不少，儘管我看世界早已和普通人不一樣，可這不代表我的想像力就會被無限地放大，也就是說，不是任何事，我都能接受。

顯然，石門背後那個怪物，已經超出了我的想像空間，超出了我對這個世界的認知，甚至說超出了我的接受能力！

可不管如何，事實就是擺在眼前，容不得我去拒絕接受，我一把拉過還有點呆傻的酥肉，說道：「跑！」

巨大的驚恐，會使人的反應能力出現空白，酥肉典型就是這樣，直到我拉著他跑了二步，他才反應過來，大罵了一句：「我日！狗日的！狗日的！」

我已經懶得用罵這種行為去發洩什麼了，我一邊拉著凌如月瘋狂地奔跑，一邊問道：「如月，妳咋知道那大蛇死了。」

「因為同是毒物，飛飛沒有任何不安或者如臨大敵的感覺。」

「那麼說起來，那怪物也不是什麼毒物之類的？」

「我不知道，如果你想回去看看的話。」

「我想我情願這輩子都不要知道！」我一邊回答，一邊費力地跑著，因為這個墓道本來就輕

微地向上傾斜，下來的時候不覺得，跑上去的時候才覺得費力。

「三……三娃兒……，你不是叫我相信……相信你嗎？姜……姜爺哪裡……在啊？」酥肉很胖，跑起來十分吃力，所以他忍不住抱怨起來。

面對酥肉的問題，我沉默了，我的感覺一向很準，為什麼這次不靈了呢？非但沒有看見師傅，還遇見了一個那麼厲害的怪物！我簡直不知道如何去給酥肉解釋，我只有選擇沉默。

與此同時，一股巨大的不安在我心中升騰，那是一種矛盾並疑惑的心態，一邊我覺得自己的靈感不準了，一邊我又覺得我該相信自己，如果我相信自己，那麼師傅他們就在那個墓室，那……

我忽然有一種想往回跑的衝動，這股子衝動讓我恨不得立刻付諸於行動，跑動的腳步也遲疑了起來！

可也就在此時，酥肉喊了一句：「也……也是！你娃兒……哪能每次……都準……，又不是……神仙……，總有失靈的時候吧？」

酥肉是為了維護我，他的兄弟的面子，可在此時於我卻無疑於一聲晴天霹靂，是啊，好像我有好幾回了，我的靈覺根本沒有任何作用，反而是指向錯誤的方向，我在某些時候應該抵抗自己的內心。

我咬牙，拚命地不去想師傅他們出事了的想像，可越不去想，那事情就越像浮現在自己的腦海中一樣，栩栩如生，我彷彿看見我師傅血淋淋的就要撐不住了，我彷彿看見慧覺老頭兒也很狼狽，無力地趴在地上……

我的內心就如同一千隻螞蟻在爬，我簡直就想遵從內心的想法，扭頭往回跑去。

* * *

「命不可改，運卻有高低起伏，遇見低運的時候，任何小事都可能造成連鎖的反應，在這種時候，行為和氣場無疑就成了關鍵，儘快走出低運時的關鍵。」

「行為和氣場？」

「就是自己強大的內心，自己和內心打仗，你打敗它一次，它就強大一次！就是說，你不跟隨自己的慌亂，不放任自己的暴躁，你始終堅信，你始終樂觀，隨著你強大的內心，自然就有了堅定的行為和正面的氣場，這樣周圍的低氣運就如拂過山崗的清風，他橫任他橫，清風拂山崗！」

* * *

也就在這時，我不知道為什麼想起了曾經和師傅在一次談命運時的對話，可能我下意識的覺

得它適合於我現在的情況吧？

自己打敗它一次，它就強橫一次，樂觀，堅信！

是的，我師傅不會出事，我為什麼要懷疑，我相信我師傅好好的！在猛然間，我有了一種全身放鬆的感覺，就如同纏繞我的灰色霧氣一下子散去的感覺。

我的腳步不再遲疑，我也該接受酥肉的說法，有不靈的時候，面對這種說法我也該接受，不應該遲疑！

我為什麼要對我自己的一種能力產生依賴？任何能力，都只能依靠，不能依賴，是這樣的！

我們繼續奔跑著，在我們身後，那「轟」「轟」「轟」轟擊石門的聲音根本就不停頓，整個墓道也因此顫抖，我的心就像繃緊了一根弦似的，生怕聽見那可怕的碎裂聲！

原本我們走了二十分鐘左右的墓道，這次只跑了十分鐘不到，就接近了那個三岔路口，只是越跑到三岔路，我的內心就越不安，我想起了那聲可怕的笑聲。

可是此時我的心態卻前所未有的好，我要克制自己的不安，我要再次和自己作戰，不能退縮，憑藉本能的畏懼去指揮自己的行為。

至少在前方，我們還有回到地面上去的出口！

三岔路口越來越近了，我們順著這條斜著的通道終於衝了出去，身後轟擊的聲音也小了，那是距離的原因。

我臉上終於有了一絲輕鬆，我決定不再好奇任何事了，我要帶著酥肉和凌如月直接回去，這是理智的思考，而最大程度的脫離了好奇，這種已經成為我本能的東西。

我正在思考著這些，腳步也沒有停，可在這時，我猛然撞到了一個什麼東西。

我抬頭一看，一張熟悉的大鬍子臉出現在了我的眼前，他捂著肩膀，腳步有些踉蹌，一臉表情又是無奈，又是有些憤怒！

「看來姜師和凌師叫我來等你們，是沒錯的啊。」那大鬍子終於站穩了，然後開口說道。

我驚奇地喊了一聲：「雪漫阿姨，你咋會在這裡？」

「雪漫阿姨個屁，叫胡叔叔，我來這裡就是來逮你們的，我要送你們回去！」胡雪漫的臉上全是怒火，他一把就扯過了凌如月。

凌如月吐了一下舌頭，我和酥肉無奈地笑了笑。

我剛想問為啥我師傅和凌青奶奶知道我們來了，卻聽見一聲巨大無比的震動在整個墓裡響起。

那是轟隆的一聲，什麼東西破裂的聲音，我們四個人站在這裡還沒回過神來，就接著聽見一聲巨大的咆哮聲，在整個墓室回蕩。

與其相對的，是接下來一陣陣的陰森森笑聲，從那個轉角的墓道傳來。

胡雪漫的臉色一下子變得極其難看，忍不住吼了一聲：「糟了！」

而於此同時，凌如月用她那特有的，無辜的表情指了指我們身後的墓道，小聲說道：「我們惹了一個大麻煩，不知道什麼東西跑出來了。」

胡雪漫深吸了一口氣，無比憤怒地盯著我們，最後又無奈地搖了搖頭。

說道：「走吧，去姜師那裡！」而他走的霍然就是那條直道兒。

第五十四章　留下的人

我看見胡雪漫帶我們走那條直道，心裡頓時無語，也知道了自己的靈覺指向了一個多麼錯誤的方向，為什麼會這樣？卻是我想不到的原因。

此時，那條斜著出去的墓道那震撼的聲音已經消失，接下來就死一般的安靜。

可是胡雪漫的臉色卻一點也不輕鬆，他一把抱起凌如月，對我和酥肉說道：「我們跑，你們兩個一定要跟上我的腳步！」

他的話剛落音，那條墓道裡就傳來一聲輕微的腳步聲，說是輕微只是因為距離太遠，如果在跟前，這腳步聲一定是很震撼的，要知道那條墓道用走的話，要走二十分鐘左右啊！

不過墳墓畢竟是一個相對封閉的地方，動靜的確能夠傳很遠。

伴隨著腳步聲的響起，那令人心寒的冷笑聲又再度傳來，這次不光是冷笑，還有一種類似於「嗡嗡嗡」電波不斷的聲音，凌如月和酥肉一下子就抱著腦子，直喊受不了了。

胡雪漫從衣兜裡掏出幾團棉花，直接塞在酥肉和凌如月的耳朵裡，對我說道：「自己念靜心訣，跑！」

說著，胡雪漫就抱著凌如月跑在了前面，我和酥肉緊緊地跟上，可憐我們剛才在狂奔了一次，這次又要跑，這都是為啥啊？

如果我們沒來餓鬼墓，這個時候應該三人坐在竹林小築的長廊吃晚飯吧？外面細雨綿綿，竹林在雨霧中搖擺晃動，天地一片朦朧，這該是多麼愜意啊！

可是世界上是沒有後悔藥吃的，現在只能拚命地跑，因為稍微慢了，就不知道等待的後果是什麼！

跑了沒幾步，我就看見了墓道旁邊的密室，胡雪漫的腳步不停，我也不能停下來，只是衝過去的一瞬間，我還是看見了裡面已經被完全地破壞了，師傅他們走的是這條道，原來他們在一路破壞密室！

跑了將近五分鐘，我看見了起碼七間這樣的密室，具體是多少我卻沒有底，因為跑動的速度太快，誰還能留心去數？

也就在這時，酥肉氣喘吁吁的聲音傳來：「我……我……跑不……動了。」

這樣發狂地跑十幾分鐘，中間只停歇了一小會兒，換普通人都受不了，何況酥肉這樣的胖子？我轉頭看他，果然臉色已是青白色。

胡雪漫一把拉著酥肉的衣領，吼道：「跑不動就是死，三娃兒搭把手。」

我明白胡雪漫的意思，也扯著酥肉的衣領，乾脆是兩個人扯著他跑，這樣速度就慢了很多，好像為了嘲諷我們的慢一樣，又是一聲咆哮聲不知道從哪兒傳來，提醒著我們死亡在逼近。

「不……不要……管我了，去找……姜爺來救我！」酥肉估計體力已經到了極限，再也跑不動了，這是一件無奈的事情，身體有個極限，過了那個極限就是麻木，要用意志去支撐，可當意志也支撐不了的時候，結果就像酥肉這樣。

其實酥肉已經不錯了，換任何人用最高的速度跑五分鐘，都已經是不錯了，那是生死威脅，才激發出酥肉這樣的潛力，但是潛力也有用乾的時候啊！

說完，酥肉「啪」地一聲就坐在了地上，那樣子不是要和誰作對，而真的是已經到了極限，他的臉色已經刷白，由於太累，那呼吸就像扯風箱似的，感覺整個肺部都在摩擦，偶爾咳嗽一聲，嗆出來的都是白沫。

「走，走啊，不走沒命的。」胡雪漫吼了一聲，還要去扯酥肉。

我卻一把拉住了胡雪漫，我很認真地對他說道：「胡叔叔，就讓他在這裡吧，再跑下去，他的心臟負荷不了，也會死，他需要休息，我留下來陪著他。」

「你開什麼玩笑？」胡雪漫雙眼瞪得比牛眼還大，一瞬間拳頭都捏緊了，像是要揍我，他不明白在這種緊張的時刻，為什麼我還要添亂。

「我認真的，你帶著如月先去找我師傅他們，然後叫師傅過來救我們吧，我好歹和師傅學了那麼久，拖一點時間也是可以的。」我扶起酥肉，但已經是下定決定不走了。

酥肉現在的情況不適合就這樣坐地休息，就像繃緊了的弦，不能一下放鬆，得慢慢放鬆。

「不，不行，要到姜師那裡，起碼還得十分鐘左右，這一來一回，浪費的時間就多了，我……」胡雪漫顯然也沒料到是這樣的，可是事實上確實沒有別的辦法，酥肉跑不動了，你能扛著他跑？他可不是凌如月，小小的，輕輕的，他是一個身高一米七的胖子少年。

「胡叔叔，是你在耽誤時間，你沿途留下記號吧，我和酥肉儘量往那邊走，就這樣。」我望著胡雪漫，已經是下決定似地說道。

酥肉望著我想說什麼，無奈他只是喘氣都來不及，哪兒能說出什麼。

胡雪漫也知道現在不是扯皮的時候，一咬牙，一把槍就交在了我手裡：「裡面的子彈都是特製的子彈，還有七顆，咋開槍會吧？」

我點頭，我常常去那個小院子玩，無聊時，那些叔叔們也會教我一些槍的東西，我甚至和他們去過一次當地的部隊，打靶玩過，說不上槍法有多準，但是開槍什麼的，總是會的。

「這墓道地形複雜，你也看到了，沿途很多轉彎和岔道，我會在正確的路上打個勾，你們跟著記號走。」胡雪漫最後叮囑了一句。

我再次點頭，胡雪漫就要走，可是他像想起了什麼似的，又交給了我和酥肉兩張符，說道：「這符是你師傅畫的，破邪壓陰威力還是不錯，拿著吧。」

「這紅繩是鎖住人的陽氣，避免被邪物發現的，可惜我不會結，也不會解，也只有一個，不然你們兩個就可以找個地方躲起來的，只要那東西不在跟前。」胡雪漫歎息了一聲。

我抓緊時間問到：「那東西是啥？你知道嗎？」

「你們放出來的是餓鬼王！看情況已經化形了！我走了，不能再耽誤時間了。」說完，胡雪漫抱著凌如月轉身就狂奔了起來，速度比先前更快了幾分。

這不是他冷血無情，而是他知道現在他跑得越快，我和酥肉的生命就越能得到保證。

看著胡雪漫很快消失的背影，我扶著酥肉，對他說了一句：「我扶著你慢慢走，剛剛劇烈的跑動之後，最後慢慢走一些時候，再坐下來休息。」

酥肉沒啥力氣說話，只是點點頭，我們就沿著胡雪漫跑去的方向慢慢走起來，就跟散步似的。

走了三五分鐘過後，酥肉的情況好些了，我扶著他靠著牆坐下了，拿出水喝了一口，然後遞給他：「你慢慢喝，喝一口，歇一下，對身體恢復有好處，等下得拚命呢。」

酥肉喝了一口水，情況好多了，對我說道：「你留下來幹啥？你和老胡一起跑，也能回來救我的。」

「不，酥肉，我不是跟你肉麻，你記得你拉我上去的時候說的啥嗎？你說有人砍你你也不會放手，同樣，我也不會！要是我和你一起，我們遇見了，還能拚命，要你一個人，就是死，我不敢拿你的命去賭。現在情況調回來了，就算有人砍我，我也不會放手！」我認真的說道。

酥肉眼睛一下子紅了，一把就把手搭在我的肩上，說了一聲：「好兄弟。」

兩人沉默了一陣兒，畢竟這種肉麻的氣氛不適合兩個大男人，就算是大男孩也不行，接著我們又哈哈大笑了起來。

「剛才我起雞皮疙瘩了，哈哈哈……」我說道。

「剛才，我感動之餘，也很想吐，哈哈……」酥肉也說道。

可伴隨著我們笑聲的，卻是一聲咆哮聲和腳步聲！

我和酥肉停止了大笑，酥肉嚴肅地望著我說：「我敢打賭，那大傢伙離我們越來越近了。」

說著，酥肉把菜刀捏在了手裡！

「嗯，它好像能遠遠地感覺我們似的，陰魂不散，我總算知道師傅為啥要給人綁鎖陽結了，肯定就是避免這些麻煩。」我也把擀麵杖拿了出來。

「對了，我剛才看見凌如月那丫頭被胡雪漫捂著嘴，眼淚直流。」酥肉說話間，拿出一個饅頭遞給我，說道：「吃飽了，好打架。」

我咬了一口饅頭，其實凌如月的情景我也看見了，我估計這小丫頭也想留下來什麼的，可是胡雪漫不允許這樣，他總不能一個人都不帶回去吧？

我和酥肉好歹是少年人了，凌如月就一個小丫頭……

「那小丫頭還是有義氣的。」我一邊說話，一邊放下了饅頭，逮住酥肉的手，一下子摁在了菜刀鋒利的刀刃上，一下子酥肉右手中指的血又流了出來。

「你幹嘛？」酥肉還在吃饅頭，一下子怒了。

「對付這些邪物，還是沾血的菜刀比較好用，對它們的傷害力大，別浪費了，抹在刀刃上，對，我的擀麵杖也抹點兒。」我解釋道。

「三娃兒，你狗日的不是說下一次用你的嗎？」酥肉一下就掐住了我的脖子，估計這小子真的動怒了，又是不打招呼的情況，又是用他的。

「開啥玩笑，好東西要最後出場，先用你的，你看你兩個指頭的都用完了，下一次絕對是我的。」我認真的說道。

第五十五章　餓鬼王

我不知道身處在戰場，聽著隆隆的炮火聲，然後在戰場和身邊的兄弟談笑是一種怎樣的感覺，可我覺得我和酥肉現在的情況，和那種情況差不多。

「三娃兒，劉春燕給你寫那麼多信，你老實交代回過沒有？」酥肉一邊「散步」，一邊問我，周圍傳來的是越來越清晰的腳步聲。

「你娃兒是不是喜歡人家劉春燕？你老提她幹嘛？」我一邊觀察著地形，一邊說道。

「嗯，跟你說實話吧，有點兒。」酥肉很「害羞」地說道。

「啊？」我差點被嗆死，望著酥肉問：「你娃兒不是說真的吧？」

剛問完，酥肉就一把掐住我的脖子吼道：「可她狗日的，一學期就給老子寫一封信，給你寫一堆信，老子早就毛了。」

互相掐脖子是我和酥肉打鬧時經常有的動作，當然不會用勁兒，我一邊狂笑著，一邊推開酥肉，酥肉自己也覺得好笑，就在打鬧的過程中，我忽然間看見一間密室，一下子有了一個想法。

「酥肉，說實話，你緊張不？」問這句話的時候，那沉重的腳步聲已經快近在我們耳邊了。

「緊張，緊張得老子都快尿褲子了，你呢？」酥肉也問道。

「咋可能不緊張，但是我們只要拖一點兒時間，師傅就能來救我們了，我們要加油。」這算是戰前鼓勵吧。

酥肉抬手看了一眼他的寶貝手錶，說：「已經過了十二分鐘了，我們饅頭都吃了幾個，肚子飽了，有力氣了，和它打五分鐘，姜爺就該來了。」

我對酥肉說：「你的尿先憋著，我們到那裡去。」

我指著那間我剛才看中那間密室，對酥肉說：「我們去那裡！」

捏著隱隱作痛的中指，我和酥肉待在那間密室門口的兩邊，彼此都能聽見彼此沉重的呼吸聲，和咚咚的心跳聲，那腳步聲就如同戰場上在身邊爆開的炮火，讓人的心情跟著起伏。

餓鬼王會是什麼樣子？在這種時候，我大腦幾乎是一片空白，唯一能思考的就是這個問題了。

油燈，就擺在這間密室的中央，胡雪漫在和帶著我們一起跑的時候，為了避免我和酥肉看不見，塞給了我們一人一個軍用電筒，現在放在我和酥肉的褲兜裡，這個油燈還有它最後的作用，那就是讓我們在密室的門口藏著，還能通過陰影來觀察門外。

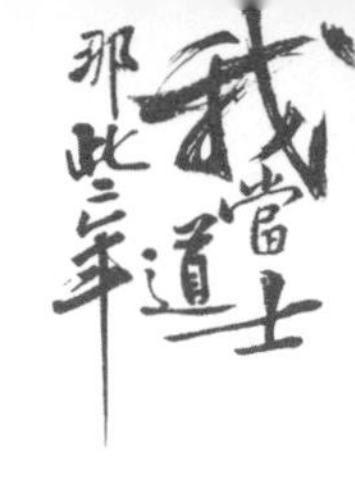

「三娃兒，餓……」酥肉的話還沒有說完，就發現我們所在的密室一下子暗了下來。

一片陰影擋住了溫暖的燈光，牆上出現了一個影子，一個巨大無比，我們看不到頭的影子，影子勉強有人形，能看出手還有身子，可是腳的部分，我們卻不看出來。

酥肉一下子捂緊了嘴，我看見他的眼神中透露出來的驚恐，再也沒有剛才的勇氣，普通人在面對一隻要咬人的狗時都有本能的畏懼，何況是這種強大的，未知的東西？

我也是，估計比酥肉好一點，但是冷汗還是瞬間把背上的衣服打濕了，至少我還有拚命的勇氣。

現在逃是逃不過了，餓鬼王也知道我們在這裡，我乾脆對酥肉大喊道：「酥肉，雄起哦！不雄起就是死，聽到沒有？」

酥肉大喊了一聲：「好！」

結果這個好字剛落音，就聽見一聲真正震耳欲聾的「咆哮」聲在我們的耳邊陡然炸響，我一下子全身的汗毛都立起來了，可還不容我喘口氣，一個碩大的腦袋就已經伸進了門裡。

「我日！」酥肉幾乎是本能地就跳開了。

我的雙眼也一下子睜到了最大，這ＴＭ的是啥玩意兒啊？和我們看見的餓鬼根本不一樣，一個腦袋跟蛇臉似的，臉又長又尖，臉上竟然還佈滿了密密麻麻的黑色細鱗，頭上有兩根牛角似的玩意兒，偏偏還有人類的五官。

它在咆哮，可是我看見的分明是它嘴裡是蛇的那種細長而分岔的舌頭。

「你叫槌子！（你叫個屁）」這一瞬間，我因為恐懼而憤怒了，這是一種人的本能，我也抗拒不了，在恐懼到了一個點，人會憤怒。

我也不知道哪兒來的勇氣，拿著胡雪漫給我的槍就朝著這個所謂餓鬼王的大嘴裡開了一槍。

「砰」，清脆的槍響回蕩在墓室，那個大腦袋一下子就縮了回去，我憤怒地吼了一聲，準備衝上去又給它一槍，酥肉一把拉住我，把我拉回了密室。

「狗日的，老子轟了你……」我瞪著血紅的眼睛，猶自喋喋不休地罵著，掙扎著。

酥肉一拳就砸在我背上，吼道：「三娃兒，你冷靜點兒，你忘了你給我說的計畫？」

這一拳彷彿把我砸清醒了，我一下子就從那種憤怒的情形中醒了過來，是啊，我剛才脾氣為啥要那麼急躁？雖然平日裡我和酥肉對比起來，他顯得脾氣比較暴躁，常常打架，我淡淡的，不理周圍的事兒，可事實上，我們互相瞭解，從小到大，我才是那個惹毛了，要拚命的主兒。

「也好，剛才你那一槍把它打退了……」酥肉擦了一把冷汗，猶自說道。

槍對這玩意兒有用？我有點疑惑地看著手中的槍，這裡面裝的是什麼子彈？

可是，我一抬頭，就立刻吼了一聲：「我日，有用個屁！」

這一次，是一隻手，小半邊身子直接堵在了門口，那隻手毫不猶豫地就朝我和酥肉抓來，我一把拉著酥肉退到了牆角，可讓我匪夷所思的事情發生了！

那隻手好像有一定的伸縮性，原本只能到小半個墓室的距離，竟然慢慢的越伸越長，但於此同時，也越變越細。

我的臉色瞬間難看了起來，我想起了餓鬼蟲那討厭的特性，可以粗到成一個球兒，也可以細成一根髮絲兒，如果變成餓鬼都能這樣，我的計畫還計畫個屁，我和酥肉就等死吧！

我看著那手臂朝著我和酥肉越靠越近，同樣是佈滿了黑色的細鱗，給人一種怪異的，全身發麻的，卻也十分無力，那種無力是無力反抗的感覺。

可是還不到絕望的時候，我得試試，餓鬼蟲可是沒骨頭的，變成餓鬼它就有骨頭，再厲害也不能厲害到無視「天道」吧？所謂天道就是固定的法則。

我跟酥肉說道：「你站這兒，貼緊牆角，別動啊，打死都別動。」

說完，我貼著牆，快速地挪動到了另外一個牆角，同樣死死地貼著牆，那隻手臂開始在墓室裡胡亂的抓，它的「兄弟姐妹」們曾經的窩的碎片，隨著它手臂的舞動，被弄得四處飛濺，我和酥肉都挨了好幾下，可是我們不敢動。

油燈被打碎了，墓室裡一片黑暗，但是這種黑暗於我們不利，我摸出手電筒，打開了它，有一點光亮，人的心總是要安穩一些。

就這樣，我緊緊貼著牆，看著這手臂亂抓亂舞，幾次都貼著我的身體過去，帶出的風，讓我起了一串雞皮疙瘩，我按捺住自己想給它幾槍的衝動，靜靜的等待。

事實證明我們是幸運的，那手臂不像餓鬼蟲可以幾乎是無限制的伸縮，它離抓到我和酥肉始終有那麼一點兒距離，儘管那距離也許不到十釐米。

這樣的發現讓我和酥肉輕鬆了許多，酥肉甚至待在他那邊的牆角和我聊起天來：「三娃兒，我總算知道我們古代傳說裡，為什麼有魔鬼這種形象了，青面獠牙的，頭生雙角的，這TM外面就站著一個原型呢！我以前還說妖精啊，鬼怪啊，現在傳說裡還多，魔鬼就沒有人見過，咋會有這東西，原來是真的。」

我吼道：「本來就是真的，我聽師傅模糊地說起過，明朝的時候好像很多東西因為啥事兒給滅種了，從清朝開始幾乎就沒魔鬼的傳說了，而且從清軍入關以來，我們東西就失傳了，那會兒元朝的時候，就已經遭受了一次劫難。」

「具體咋回事兒？」酥肉問道。

「我咋知道？你問明朝人去！」我吼了一聲。

那手臂在密室裡亂抓了將近一分鐘，忽然就縮了回去。

酥肉喘口氣兒說道：「老子貼著牆壁，都快把自己弄成鍋貼餅子了。」

我說道：「待會機靈點兒，它估計要進來了。」

我剛說完話，就看見那恐怖的腦袋又鑽了進來，那跟蛇一般細長，冰冷的眼睛正死死地盯著我和酥肉，他媽的，這玩意兒不僅長了一張蛇臉，還他媽長了一雙蛇眼，幹嘛鼻子不長個蛇鼻呢？就兩個洞，多方便，我在心裡罵道。

第五十六章　惡鬥

餓鬼王的腦袋只在密室門口停留了一秒不到，接下來我和酥肉就聽見「咔嚓」「咔嚓」的碎裂聲，是密室門口青磚破碎的聲音，接下來它的半邊肩膀就擠了進來，這是打算給我們來一個甕中捉鱉吧？

我和酥肉使了一個眼色，原本我們就不打算依靠這間密室躲過餓鬼王，連那麼大塊石門都能打碎的傢伙，一間密室有用嗎？

我和酥肉抓緊時間朝著密室的兩邊靠去，盡可能的接近門口，可是我沒走兩步，就看見餓鬼王陰冷地盯著我，眼中竟然有些人性化「戲謔」的眼神。

接下來，毫無預兆的，它張口一股綠色的液體就噴向了我。

「你媽媽的！」我大吼了一聲，根本來不及正常閃避，只能就地一滾，堪堪才避過那股液體，不用想，這餓鬼王長得那麼像條蛇，它噴出來能有什麼好玩意兒？

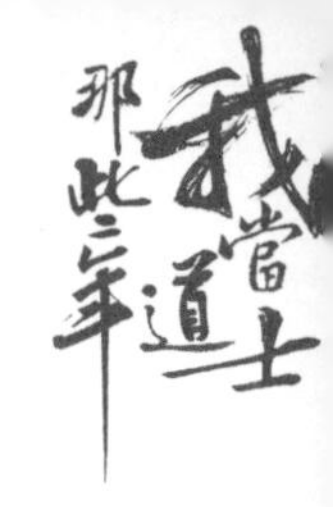

地上盡是陶土罐的碎片兒，這一滾，讓我幾乎全身都疼痛，我還來不及爬起來，就聽見連續的「澎澎澎」的聲音，那是門口的青磚已經被擠爛，碎裂在地的聲音。

餓鬼王的肩膀手臂已經擠了進來，我看見它毫不猶豫地就朝著酥肉抓去。

「酥肉，小心！」我來不及去救酥肉，只得著急得大喊道。

酥肉反應也不算慢，看見餓鬼王伸手的一瞬，已經快速地朝著裡面退去，但他終究不是習武之人，身體的反應速度還是慢了一點，餓鬼王的爪子貼著他的身體擦過，酥肉的手臂竟然被生生地抓起了幾條血痕，鮮血瞬間就染紅了酥肉的衣袖。

我簡直是目眥欲裂地看著這一幕，因為我親眼看見餓鬼王收回的手爪上，帶著幾絲碎肉，那是酥肉的！

我爬起來，衝到酥肉的身邊，酥肉望著我，呆呆地說了句：「三娃兒，我不疼。」

我低頭看了一眼酥肉的傷口，已經迅速腫了起來，呈一種怪異的青黑色，回頭再看了一眼餓鬼王，它竟然伸出它那細長的蛇舌，舔著爪子上的血肉，眼神中竟然閃動著一種異樣的滿足和暴戾。

酥肉這是中毒了，我幾乎是想也不想的，就扯下了酥肉的袖子，緊緊地綁在他的手臂傷口前端，然後說聲：「酥肉你忍著點兒。」，就抽過酥肉手裡的菜刀，「刷」的一聲劃開了酥肉傷口的腫脹處，瞬間那已經變成青黑色的血液幾乎是噴出來的，我咬著牙，狠心地捏著酥肉的手臂傷處，使勁地朝外擠著毒血。

酥肉疼得仰天大叫：「三娃兒，不要弄，疼啊，三娃兒……」

「不弄你命……」我話還沒說完，就聽見一陣更大的破碎聲和青磚紛紛落地的聲音，餓鬼王已經舔完手上的「血食」，整個身體都擠了進來！

我終於看見了餓鬼王完整的身軀，我也知道為啥它的腳步聲聽起來會那麼的怪異，因為它根本沒有進化完全！它的上半身算是「完美進化」了，渾身糾結的肌肉線條顯得非常有力量，而且全部佈滿了黑色的細鱗，讓人有一種刀槍不入的錯覺。

而它的下半身卻很怪異，從腳到膝蓋是完整的腿，可膝蓋以上竟然就如蛇身一般，沒有完全分開，遠遠看去跟圍了一條裙子似的。

所以它根本不能站立行走，而是如野獸般地趴著，必須手腳並用這個樣子。

所以，它的腳步聲聽起來會那麼怪異！

此時，餓鬼王的身體已經完全擠進了這間密室，距離我和酥肉不到三米，密室原本就不大，我目測餓鬼王的身高起碼在兩米五以上，前提是它站起來的話，而趴著就如同一隻最最雄壯的獅子，不，是一個半那麼大的獅子，或許還要大一些。

它看我們的眼神，就像看籠中的老鼠一般，它並不著急行動，反而感覺像是在心理上虐待著自己的「食物」，想讓自己的「食物」在恐懼中崩潰，彷彿只有這樣才比較美味。

我的手還在緊緊地捏著酥肉的傷口，眼角的餘光卻在觀察著酥肉流出來的血是否已經恢復正常，可是更多的眼神卻是在和餓鬼王對視，我也惡狠狠地盯著它。

其實我很怕，怕得只有強行鎮定，腿才不會顫抖，那兇狠的眼光幾乎是我全部的勇氣了，因為師傅曾經說過：「面對邪物，你在氣勢上不能輸，你要比它更凶，它們來自陰暗，最擅長的，就是找到你的心理弱點，狠狠地戲弄你，讓你未曾爭取，就先崩潰。」

「鬼是這樣嗎？」

「不，任何的邪物，都是這樣，當你避之不及的時候，就算只能罵它，你也要罵得兇狠，它反而還會退卻。」

我不指望我用眼神就能讓餓鬼王退卻，可是我知道，只要這股氣勢一散了，我就會輸，我就會連拚命的勇氣都沒有。

餓鬼王似乎不會做人類的任何表情，它唯一的情緒變化就在眼睛裡，通過眼神表達得非常清晰，估計是做餓鬼蟲時的「天賦」吧，那種蟲子對人類大腦影響非常大，師傅說過，那是靈魂強大的表現。

所以，幾個表達情緒的眼神算不了什麼。

密室的空氣彷彿都凝固了，變成了我和餓鬼王的對峙，酥肉已經疼得有些神志不清了，還好傷口已經慢慢消腫，流出的血液也變成了鮮紅色。

此時，餓鬼王的眼中忽然變幻出一種探究卻不在乎的眼神，下一刻，我感到一種本能的危險，幾乎是下意識的，我一腳踢開了酥肉，而我自己感覺到一陣勁風撲面，再抬頭，我自己都幾乎尿褲子。

因為餓鬼王的臉就離我不到十釐米，手臂已經成一個半圓形把我圍住，一雙陰冷的眼眸正正地對著我，我一陣頭暈目眩，幾乎處於空白的意識中，餓鬼蟲的天賦它並沒有丟掉，我是一個靈覺如此強的人，竟然都被影響到這種地步。

我彷彿看見了餓鬼王在對我嘲笑，不屑，就如看待螻蟻一般，下一刻，我幾乎是呆呆地看著它的手臂舉起，落下，狠狠地朝我抓來，而它的大嘴已經張開，張到一個不可思議的極限，我看見了它那猙獰的獠牙，以及眼神中的貪婪。

估計吃了下我，它的兩條腿就能完全化形了吧，我的意識終於在這一刻恢復，可是已經來不及做什麼，竟然只能想到這種無聊的問題。

可是，餓鬼王的手終究是沒有落下來，我聽見了「咚」的一聲悶響，原來酥肉竟然撿起了我

剛才拿他手裡菜刀時，隨手扔在一旁的擀麵杖，狠狠地朝著餓鬼王那隻手臂砸去。

他砸得是如此的用力，以至於擀麵杖在和餓鬼王手臂碰撞的瞬間，就斷成了兩半，飛了出去，終於阻擋了餓鬼王那隻要抓我的手臂！

一切發生得是那麼快，一切又像是慢動作。

餓鬼王竟然被打痛了，忽然就憤怒地長嚎了一聲！它也許可以不在意酥肉那點兒對於它來說可笑的力量，可是它不能不在意擀麵杖上的中指血。

陽氣最充裕的血液，打任何的陰邪之物，絕對是能狠狠打疼。

「三娃兒，跑！」酥肉手裡還握著半截擀麵杖，幾乎是聲嘶力竭地吼道，連聲音都有些顫抖，估計剛才那一擊幾乎是用盡了他全部的力量。

他在剛吼完這一句之後，我就看見酥肉的身子飛了起來，原來暴怒的餓鬼王竟然用手臂一個橫掃，就把酥肉掃飛了起來。

「噗通」一聲悶響，酥肉重重地跌在了地上，這一掃竟然把他掃出了密室之外，因為這密室的門已經完全被餓鬼王破壞了，然後酥肉沒有再站起來，他摔在了青磚堆裡，鮮血從他的頭上緩緩地流出。

這時，我的憤怒已經達到了頂點，在餓鬼王回頭的一瞬間，我大吼了一聲，提起菜刀，狠狠地朝著餓鬼王的腦袋砍去，「噌」一聲，那菜刀就如砍在了鐵板上，可是我已經顧不得那麼多了，發狠一般地把菜刀狠狠一拉，菜刀從餓鬼王那碩大的腦門一直拉到了它尖銳的下巴，而它的眼睛也被菜刀無情地劃過。

「嗷」餓鬼王發出了它最大的一聲吼叫，整個密室都在顫抖，刀刃上塗滿了中指血的菜刀無，劃過它的眼睛，無疑給了它遇見我們以來最大的創傷。

而我的憤怒情緒依舊在燃燒，我完全是拚命般的，用手肘狠狠地朝著餓鬼王撞去，常年習武的我，力量可比酥肉大多，餓鬼王正捂著眼睛嚎叫，被我這一撞，竟然微微退開了一些。

就是這點縫隙，我立刻鑽了出去，朝著密室門外飛快地跑去！

而在下一刻，我就聽見餓鬼王沉重的轉身聲音，我已經徹底地激怒了它，它不可能讓我跑掉！

第五十七章　命懸一線

我知道我跑不掉，可是我的目的也不是跑掉，我需要的只是跑到墓室的門口。十米不到的距離，對於我來說，就像一道無盡的橋樑，跨過去就是生，跨不過去就是死！

我跑得很狼狽，我幾乎連滾帶爬，我聽見自己心臟在劇烈地跳動，我感覺我緊張到口乾舌燥，我甚至能聽見風聲，我不用回頭，都能知道，是餓鬼王伸出它那手臂要抓我所帶起的風聲。

五米，三米，一米……我幾乎是用盡全身的力氣，撲了過去，於此同時，我的手伸進褲兜，把那塊怪異的古玉拿了出來，飛快地放在了地上的一個位置。

接下來的時間，我就只來得及打一個滾，然後就仰面喘氣了，酥肉就在我身邊，離我很近很近，他的鮮血浸濕了我的衣服，我望了他一眼，然後我看見餓鬼王的手爪停頓了一下，又縮了回去。

這是我和酥肉的幸運，它的第一反應，是伸出爪子來抓我，而不是撲過來，手臂的伸展性畢竟有限，它縮了回去，否則我不會那麼順利地跑掉。

我冷冷地看了一眼餓鬼王，和它比起來，我和酥肉很弱小，但是我們卻有智慧可以依賴，這一次，是我嘲諷地望著它笑了一下。

然後我毫不在意地起身，開始拖動酥肉，也許是它讀懂了我的嘲諷，只是停頓了不到三秒，它猛地就撲了出來，意料之內的，門擋了它一下，畢竟它是擠進來的，不可能會那麼順利地撲出來。

這就給了我時間，我可以把酥肉弄到相對安全的地方，這間密室是我刻意選擇的，現在總算發揮了作用。

但我也承認，我的智慧畢竟不完美，我沒有料到餓鬼王的手臂可以伸縮。

拖著酥肉離開了那門口大概五米的位置，我停了下來，試了試，酥肉的呼吸還算平穩，那血是他胸口擦傷了一大片，腦袋也擦傷了一大片造成的，他的一身肥肉是最好的緩衝墊，救了他一命！

餓鬼王望向我的眼神充滿了仇恨和不耐，它正在拚命地擠出那間密室，這間密室在走廊的盡頭，除了門，還有門兩側有限的位置是空心的，其他的地方可都是實心的，這就是我選擇這間密室的原因，只要我和酥肉能逃出來，就能一定程度在地形上制約餓鬼王。

我站起身來，看著餓鬼王，緩緩地把槍掏了出來，菜刀也握在手上，我沒有把握殺死它，可是逃不掉的情況下，我會想盡辦法給它製造麻煩。

餓鬼王非常地憤怒，也許以它現在有限的智慧，還不能理解為什麼這兩隻螻蟻抓住了機會不趕緊逃，而是等著它的行為。它不明白，我們在墓道裡奔跑是逃不掉的，那種破釜沉舟的心情！

餓鬼王出來了！

它再次趴下了，眼睛微微瞇起，看樣子，是想立刻衝過來，給我致命的一擊。

它動了，可是它在下一刻，卻狠狠地摔落在了地上。

我再次捏了捏有些還在發疼的中指，看來我那簡易的聚陽陣有效果！那是一個非常簡單的陣法，就是把陽氣集中起來而已，有些基礎的人都會畫，只是用處確實不大，何況在墳墓這種原本就陰盛陽衰的地方。

可是我畫了，為了避免陽氣不足的弊端，我是用我的中指血畫的，就畫在密室的門口，我原本沒有發動陣法的法器，可是我在三岔口卻得到一塊古玉，法力已經不強，但還是有法力的古玉。

這就是命運冥冥的安排！

其實，我是不懂餓鬼王的弱點在哪裡，該怎麼打的，可是我至少還明白一個道理，那就是陰陽既能調和，也能相剋，餓鬼的培育需要十足的陰氣，以至於要建聚陰陣，那麼聚陽陣對它的傷害就很大。

我在賭！賭注就是我和酥肉的命！

為了不讓餓鬼王懷疑，我刻意在之前沒有把關鍵的陣眼法器放進去，為的就是打它個出其不意，畢竟這個聚陽陣在它有防備的情況下，能不能傷了它，我根本就沒把握！

這樣佈置的結果，我和酥肉贏了，我看見餓鬼王正好踩在陣法上的兩隻手臂竟然冒出了青煙。它太過憤怒，所以情緒導致了它的受創！

幾乎是毫不猶豫的，我舉起了手中的槍，我和餓鬼王的距離不過六、七米的樣子，它那麼大的目標，我還不至於打不中，幾乎是發洩似的，我把槍中的子彈一發一發的全部打了出去。

餓鬼王彷彿極度的虛弱，任由子彈打在它的身上，也不閃避，可是我分明看見，子彈幾乎是嵌在它的身體裡，根本沒進去多少。

相比起來，我用菜刀砍出的那條淺淺的傷口，反倒留在它的臉上，滲出了青色的血液。

怎麼辦？子彈效果不大？我回頭看了一眼，那幽深的，彷彿是無盡的墓道，一片沉沉的黑，我握緊了手中的菜刀，一步一步走了過去。

酥肉現在還昏迷不醒，根本跑不掉，我們的計畫是用聚陽陣傷了它就跑的……

「三……三娃兒……不要過去……」酥肉的聲音從背後傳來，他終於醒了，他看出了我的意

圖。

我埋頭一笑，這娃兒還不算太嚴重，醒得還算快，可是我的腳步沒有停下，反而奔跑了起來，我咬破了舌尖，我舉起了菜刀。

在靠近的一瞬間，我已經完成了以舌畫符，一口舌尖血噴在餓鬼王的腦門上，而下一刻，那把菜刀又狠狠地落在了它的腦門上。

依然是跟砍在鐵塊上似的，可是我幾乎是瘋狂地一刀刀地朝它砍去。

原本沒有任何反應的餓鬼王忽然睜開了眼睛，下一刻它的爪子就穿過了小小的聚陽陣，一下子就抓住了我的小腿，用力一扯，我一下子就跌倒在地上。

我看見它的眼中全是火一般的憤怒，我忽然明白了，聚陽陣對它來說，有傷害，卻並不是那麼可怕，它在詐我！

它也許是不想整個身體穿過聚陽陣，受到再大的傷害，它也許是出於報復心理，你耍我一次，我也要耍你一次，它也許是想等我和酥肉逃跑，再決定追上來，讓我們心理崩潰……

總之，我是被它抓到了！

它的憤怒彷彿已經化為了實質，不管螻蟻最後是不是被踩死，總之螻蟻傷害到了它，我望了一眼那依然無盡的墓道，我感覺到身子在快速地升高，我眼角的餘光看見餓鬼王就這樣抓著我的小腿站了起來，我感覺到它的鋒利的爪子扎進了我的肉裡……

我看見酥肉哭了，還在喊著什麼，我也不知道下一刻餓鬼王是要把我狠狠地摔出去，還是直接扔到嘴裡，總之，我現在能做的只有一件事兒，我摸出了褲兜裡的兩張符，狠狠地貼在了餓鬼王腦門上的傷口上。

「三娃兒，三娃兒……啊，啊……」終於，當符紙貼下去的時候，我聽見了酥肉的喊聲。

我望了他一眼，也不知道這是不是我最後一次聽見，我這個好哥們，從小穿著開襠褲就在一起的好哥們的聲音。

我看見他掙扎著要站起來，我想說不要，可是沒有這個機會。

因為在下一刻，一聲彷彿是聲嘶力竭的咆哮從餓鬼王的口中發出，我感覺自己飄了起來，然後重重地摔落，我就快要失去意識了，最後一刻，我看見餓鬼王狠狠地朝我撲來，又好像有什麼怪異的傢伙飛了過來。

我會被吃掉了嗎？我很累，終於閉上了眼睛！

第五十八章　虎爪震鬼王

迷糊中，我覺得我趴在一個很溫暖的地方，雖然眼前依然是一片黑暗，可我覺得很安心，我感覺自己被慢慢地放下來，靠在了一個地方，然後小腿那裡被什麼東西劃過，接著就是劇烈的疼痛。

那疼痛是如此的清晰，讓我的汗水瞬間就湧了出來，接著，有什麼冰冰亮亮的東西抹在了我的腿上，我剛舒緩地歎了一口氣，接下來卻又是一陣更加劇烈的疼痛。

「嘶……」我不禁呻吟出聲兒，接著我聽見一個熟悉的聲音在我耳邊響起：「他快醒了。」

師傅，是師傅的聲音，我內心一陣狂喜，努力地想睜開眼睛，卻覺得眼皮沉重，小腿劇疼，這時，有人掰開了我的嘴，一股冰涼的液體灌進了我的嘴裡，我瞬間清醒了不少，終於吃力地睜開了眼睛。

眼前還是一片模糊，只見幾個人影兒圍著我，過了好一會兒我才看清楚，我靠在酥肉的身上，淩如月蹲在我旁邊哭，而眼前站著的兩人，是師傅還有淩青奶奶。

見我醒來，師傅「哼」了一聲，就轉過身去不再理我，我有千言萬語都哽在喉嚨，不知道該咋對師傅說，我知道我闖禍了，闖了不小的禍事。

不敢和師傅說話，我同樣不敢和顯得很嚴肅的淩青奶奶說話，只得轉頭想問酥肉一點兒問題，卻不料扯到腿上的傷口，一陣劇痛，讓我倒吸了一口涼氣兒。

「你輕點兒，三娃兒，你不知道你這腿剛才腫得有多恐怖。」酥肉搖晃著腦袋說道，身上，胸口上都已經簡單地包紮好了，估計這小子還有點暈，所以忍不住搖頭晃腦的。

「你中的是黑曼的毒，我給你上了另外一種毒，算是以毒攻毒吧，現在已經沒有大礙了。」淩青奶奶說了一句，然後狠狠地瞪了淩如月一眼。

淩如月低下頭，不敢說話，我看了看四周，我們還在墓道裡，就是我和酥肉和餓鬼王大戰那條墓道的轉角，我很想和師傅說話，可是不敢，只得問酥肉：「餓鬼王呢？」

「死了，被姜爺和淩奶奶弄死了。」酥肉很輕鬆地說道。

「咋回事兒啊？」在我眼裡強大得不可思議的餓鬼王竟然就被我師傅和淩青奶奶弄死了？

「你當時被餓鬼王提起來，我真的覺得完了，可是你往它腦袋上貼了兩張符，那餓鬼王好像很疼一樣的，一下子就隨手把你扔了出去，接著它就抱著腦袋在那兒嚎了一聲，就衝你奔過去

了……」酥肉很緊張地說道，可見當時的情況對他影響也很大，否則不至於到現在還緊張。

我也能想像，餓鬼王是多麼地暴怒，只要它衝過來，下一刻我就會被撕成碎片，然後再進它的肚子吧？

但是，我得救了，我很想知道我咋得救的，就跟酥肉說：「你說關鍵啊！」

「關鍵就是飛來了一個好大的蟲子，我都不知道是啥，一下子就飛到餓鬼王臉上了，使勁咬它的眼睛，餓鬼王一巴掌去拍牠，牠還躲開了，又飛到餓鬼王的腦門上，嘖嘖……太厲害啊，直接給餓鬼王的腦袋上咬開一個血洞。」酥肉眉飛色舞地說道。

我卻很疑惑？蟲子？就是我倒地之前，迷迷糊糊看見的，那奇怪的身影？

我被蟲子救了？還是又有什麼怪東西出來，趕巧就碰上了我們？然後再趕巧牠恨餓鬼王，兩個就鬥上了？

這世界上有那麼趕巧的事情嗎？

「哼，蟲子？你們做的好事兒，讓凌青提前就用了本命蠱！要不是她驅使著本命蠱提前到了，你死得不能再死！」師傅終於轉過了背來，非常憤怒地對我說道。

我掙扎著，要站起來，卻發現全身都沒力氣，酥肉原本想阻止我，我卻極力地要站，酥肉只得扶著我，好容易站穩了，我非常認真的給師傅鞠了一躬，只說了幾個字：「師傅，我錯了！」

然後站起來就一陣兒頭暈目眩，我這時才發現，我的腦袋也被包得嚴嚴實實的，腿也包紮過。

「算了。」師傅忍不住扶了我一把，然後讓我坐下，才說道：「原本你一滿十五，就得面對著過十六這個坎兒，童子逢三、六、九原本就不好過，而你就應在了六九之數，以前你順利過六，劫數就報在你二姐身上，過九的時候，抵了我給你的一場功德，可你也總不能讓人攙扶著走，也算是自己應劫吧。」

「狗日的，說起來，我也算童子了，我說呢。」酥肉在旁邊感歎道。

我師傅眼睛一瞪，說道：「你算屁的童子！他應劫，你跟著他，這不連累你，連累誰？那麼胖的童子，怕是道觀都被你吃窮了。」

酥肉低下頭去，小聲地嘀咕道：「姜爺歧視胖子……」

而凌青奶奶這時卻開口說道：「算了，我們還是快去慧覺那裡吧，還有很多事情要處理，這三個孩子都到這裡了，肯定也丟不下了，帶著他們吧。」

我師傅哼了一聲，算是答應了，走過來，就要把我背在背上，我心裡一陣溫暖，原來師傅氣是氣我，還是會背我，我說剛才趴得那麼安心呢，原來是師傅背我。

「師傅，餓鬼王死了吧？我去看看吧？」我還是掛著餓鬼王，酥肉說它死了，可我再咋也想去看看。

「你還念著那個餓鬼王！你也不知道你闖了多大的禍，把我們的計畫都打亂了，它哪兒那麼容易死？被鎮住了，你要看，就去看吧。」說話間，師傅就把我往那條墓道背。

而我狠狠地瞪了酥肉一眼，意思很明顯，你小子敢騙我？

酥肉忍不住出聲說道：「都那樣了，餓鬼王還沒死？這TM沒天理啊！」

我師傅和凌青奶奶忍不住同時翻了一個白眼，凌青奶奶牽著凌如月說道：「你以為餓鬼王是大白菜？那是那麼多蟲卵才培養出來的獨一份兒，那麼容易對付，我們也不至於小心翼翼的了。」

說話間，師傅已經把我背到了墓道，我一眼就看見餓鬼王橫在墓道裡的巨大身軀，身上非常多的傷口，湧出的全是青色的血液。

那樣子可真夠慘的，怪不得酥肉說餓鬼王都那樣了，還不死！

可是我再仔細看去，就不淡定了，我看見餓鬼王的腦門上插著我的虎爪，我忍不住喊道：「師傅，我的虎爪咋在那裡？」

「你如果想餓鬼王馬上生龍活虎的話，你就把這虎爪拔了吧。」師傅冷冷地說了一句，我撇了撇嘴。

其實一下墓的時候，這虎爪我就扯下來捏在了手裡，可是後來想到上次殺餓鬼蟲時，師傅說糟蹋了虎爪，而且至少浪費了六、七年的功夫，我又給珍惜地戴上了。

這虎爪從小我就戴在身上，小時候還救過我一命，我對它其實非常有感情，而且也很珍惜，所以我捨不得用，哪怕鬥餓鬼王的時候，我都沒用，我怕虎爪就這樣廢了，結果，我師傅卻……

彷彿看出了我所想，我師傅說道：「這虎爪是最好的陣眼法器，因為裡面鎖住了一隻凶虎魂，那是……反正，我以虎爪為陣眼，暫時鎮住了這隻餓鬼王，麻煩事情在後面，現在我來不及收拾它。」

我仔細一看，果然餓鬼王的四肢都貼著一張藍色的符，而在心口的位置則放了一塊兒桃木牌，身上還有很多的符紋。

果然師傅以這餓鬼王的身體為地，布了一個陣，鎮住了餓鬼王。

此時，它雙眼緊閉，橫在這兒，就跟死了一般，哪兒還有剛才的威風？

「師傅，你是咋打贏它的？」我好奇的問道，餓鬼王又不是傻子，還能任我師傅在它身上擺弄這些？

師傅哼了一聲沒說話，凌青奶奶卻說：「路上說吧，慧覺帶著隊伍還等著我們，這墓裡厲害的東西還多著呢，除了鬼母，可能還有那個……」

第五十九章　楊晟，魅靈

還有那個？那個是哪個？我分明看見師傅和凌青奶奶相互交換了一下眼神，可無論我們三個小的，怎麼發問，他們都不說話了，倒是酥肉問了一次沒結果後，開始繪聲繪色地跟我講起經過來。

什麼凌青奶奶放出了三條蟲子和餓鬼王纏鬥，還有我師傅直接和餓鬼王貼身鬥，分別貼上四張符的過程，酥肉講得那是一個口沫橫飛，繪聲繪色。

凌如月就在旁邊抿著嘴笑，時不時地補充兩句。

至於我，聽得那叫一個熱血沸騰，說起來道家法術變化萬千，但是要論起那種打鬥的場面，是萬萬比不得武家那種貼身肉搏好看的。

所幸的是，一個真正的道士，總是會習武強身，手上也會那麼兩下子，厲害的，不比武家的傳人差，我師傅就是那種拳腳功夫厲害的，至於我師祖老李肯定更厲害！

我那是悠然神往，心說回去以後，一定得叫師傅好好教教我。

卻沒想到酥肉和我一個想法，說完過程後，他就央求我師傅：「姜爺，我都叫了你那麼多年爺了，你的道術不可以傳給我，你武功總可以教我兩下吧？」

「可以啊，我可以教你半個月，以後你自己練。」姜老頭兒幾乎是毫不猶豫地就答應了。

酥肉卻苦著臉問道：「為啥只有半個月？」

「因為我和三娃兒要離開了。」

酥肉沉默了，他估計一興奮把這一茬忘記了，凌如月忽然開口說道：「三哥哥，胖哥哥，這次餓鬼墓的事情一完，我和奶奶就要回寨子了，你們會記得我嗎？」

話說，一起患難過，是最能培養堅定不移的友情，這小丫頭是真的對我和酥肉捨不得。

「咋會不記得？有空哥哥會來寨子裡看妳。」酥肉毫不猶豫地答道，這小子滿嘴跑火車。

果然，凌如月聽見就笑了，這小子能知道別人寨子在哪兒嗎？

「我會記得妳的，還有花飛飛。」我趴在師傅背上，認真的說道。

凌如月使勁兒點頭，說道：「我也不會忘了三哥哥和胖哥哥的。」

姜老頭兒聽得無語，說了句：「三個小娃兒，肉麻兮兮的，你們以後有機會再見的。」

這說話間，時間已不知不覺過了二十幾分鐘，終於師傅他們在一個拐角之後，來到了一個類

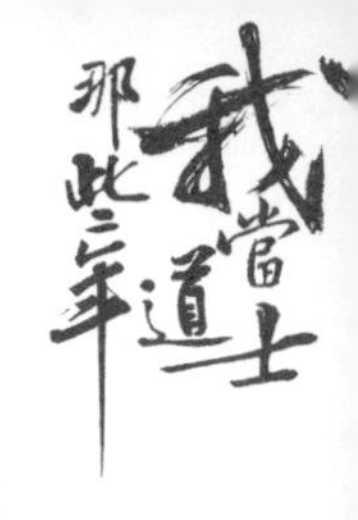

似於大廳的地方，在這裡我看見了十幾個人，胡雪漫也在，剩下的我也幾乎全部認識，都是那個小院裡的人。

只有一個戴著眼鏡，看起來很斯文的年輕人我不認識，非常的陌生。

見到我們幾個回來了，大家都紛紛圍過來，關心地詢問著情況，這時我已經好點兒了，能下地站著了，面對著這些帶著責備，善意的詢問，我心裡其實挺感動的。

這時，那個戴眼鏡的斯文年輕人走了過來，扶了扶眼鏡，很認真地說道：「道家手段真的是很神奇，很多東西不能用科學原理來解釋，很多所見也超出了我對這個世界的認知，我回去會好好和老師彙報一下情況。」

說完後，他忽然伸出手來，和我還有酥肉使勁握了一下手，說道：「道家的弟子也很厲害，小小年紀就能和未知的生物搏鬥，我表示欽佩，對了，我叫楊晟。」

酥肉抓抓腦袋，得意地笑了，不過隨後又說道：「我算哪門子道家弟子啊？三娃兒才是，他救了我。」

楊晟再次扶了扶眼鏡，仔細地看了我一陣兒，這才認真地說道：「請問小兄弟大名？」

「哦哦，你好，我叫陳承一。」我在村子裡長大，接觸的也是直爽的村民，那麼正式，那麼文謅謅的，我有些不習慣了。

「陳承一？這名字……我有一個好朋友，叫周承……」楊晟話還沒說完，就被姜老頭兒打斷了，他說道：「三娃兒，你要向楊晟哥哥學習，他可是我們國家的天才，現在跟著國家最厲害的生物學中科院士在學習，人家只有二十三歲，已經是博士後了，這次跟著我們來這裡，也是為了國家做事兒。」

二十三？博士後？這是什麼概念？普通人二十二、二十三歲，大學都才畢業，這個楊晟好厲害，竟然已經是博士後，那不是十幾歲就上大學了？

楊晟有些不好意思地笑了，原本墓室的燈光就灰暗，就是靠著大家隨身攜帶的蓄電池，所以我也沒有看清楚這小子是不是還有些臉紅，不過心想，那麼厲害的人，還挺靦腆的。

「好了，現在不是說這些的時候，楊晟，記住我交給你的東西很危險，在拿回去研究之前，千萬不可以撕開外面的符，否則造成的後果，非常嚴重，聽見沒？」姜老頭兒嚴肅地對楊晟說道。

楊晟認真地說道：「我一定會小心對待的。」

姜老頭兒點了點頭，這才問到胡雪漫：「慧覺呢？」

「慧大師還在處理那些蟲卵，我們現在要怎麼做啊？姜爺？」胡雪漫問道。

胡雪漫開口叫了姜爺，而不是姜師，我覺得挺新鮮的，隨口就問道：「胡叔叔，幹嘛忽然叫我師傅姜爺？」

「姜爺吩咐的唄，他說姜師聽著彆扭，特別是下這墓裡來以後，姜師聽著更彆扭。」胡雪漫說道。

姜師彆扭？我沒聽出來啊，姜師？殭屍？我一愣，忽然就知道彆扭在哪兒了。

慧覺老頭兒就在這類似於大廳的墓室背後，那裡有一間小密室，原本那裡，我師傅他們以為是餓鬼王所在的地方，卻沒想到餓鬼王被我們三個無意中放了出來。

慧覺老頭兒就在那空無一物的小密室渡起了那些蟲卵，這些蟲卵是見不得光的，更不能接觸人氣兒，必須就在這墓室裡處理了，按我師傅的話，這些蟲卵經過超渡，就會變成死物，再也孵化不出來。

當然，我師傅也留了四枚活蟲卵，二枚給了凌青奶奶，二枚給了楊晟，楊晟是帶著國家的任務來的，系統的研究一些神秘的東西，是國家一直都在進行的項目。

那個專案，楊晟簡單地透露了兩句，大概意思是，聚集的，基本上都是國家頂尖的人才，只是不為人知罷了，都是高度機密！

他還無意中說起一句，包括我師傅他們所在的部門，也是國家的機密。

「情況就是這樣，我們被這個建墓的人擺了一道，這邊的密道是培養蟲卵的地方不錯，可是也就僅僅如此了，而另外一邊的岔道，我們原本以為的鬼母所在也是判斷錯了，餓鬼王既然是在真正的古墓裡，那鬼母也在真正的古墓裡。」師傅在安排接下來的行動，當然在事前少不了一番分析。

「可是，那墓道裡的笑聲是怎麼回事兒？那不是鬼母？」有一個人提出了疑問。

可以肯定的是，那笑聲他們也聽過，基本上都判斷那條墓道的盡頭是鬼母。

師傅站起來，背著手走了兩步，說道：「鬼母這種東西說實話，我們都沒見過，只能從一些典籍上得知一點兒情況，這也是機緣巧合，三娃兒他們放出了餓鬼王，我才知道判斷有誤，那條墓道裡的，不是鬼母，是一隻魅靈！」

「魅靈？」所有人一聽這個名字，臉色都變得怪異了起來。

顯然，他們都知道魅靈這種東西，這是鬼物的一種，之所以叫魅靈，是因為這種鬼物，沒有別的本事，只會迷惑人心而已，正面相對，一個陽氣旺盛的男子都可以沖散了它。

魅靈這個名字之所以那麼好聽，是因為鬼物幾乎都有魅惑人心的本事兒，但魅靈絕對是最強的，最喜歡趁人不備時，趁虛而入，所以給了它一個靈字，其意思就是其魅的本事兒，已經稱得上靈物了。

竟然是隻魅靈在那裡，這修墓的人到底是誰？竟然算計得如此深沉！

第六十章　神棍與科學家

「魅靈是啥玩意兒？」酥肉在旁邊問道，我簡單地給他解釋了兩句之後，酥肉一臉憤怒的罵到：「我×，就那麼一個玩意兒，把我們嚇得那麼慘？我說呢，每次到關鍵的時候就聽它笑，原來是趁虛而入啊？」

這確實是魅靈厲害的地方，有些東西你看似很弱，其實在合理的環境，就往往是致命的。

「阿彌陀佛。」這時，慧覺終於從大廳後的密室出來了，聽聲音很虛弱，在這麼昏黃的燈光下，我都能看見他的臉呈現一種病態的紅色。

破天荒地的，姜老頭兒親自去扶了慧覺一把，慧覺老頭兒嘿嘿一笑：「拿個雞蛋給額吃，額就恢復咧。」

姜老頭兒也笑了，大聲吼了一句：「你們誰帶的乾糧裡有煮雞蛋的，拿出來。」

兩個老頭兒這樣一鬧，整個墓室的氣氛一下子輕鬆了許多，還真有幾個人帶著煮雞蛋，爭先恐後地拿給慧覺，慧覺選了兩個，剝開來吃了，然後把我們三個小娃兒叫了過去，開始詳細地詢問起情況。

教訓是免不了的，可是教訓完以後，慧覺對姜老頭兒說道：「渡這些蟲卵，幾乎已經耗盡了我的心力，餓鬼王難渡，必須你出手處理了，至於鬼母，讓凌青處理吧。我們三個也算老戰友，這次一起下墓，卻沒想到這個山芋那麼燙手。」

姜老頭兒歎息了一聲，說道：「現在已經可以肯定是有人刻意而為之了，這墓裡很多謎團。說起我們是老戰友，這一晃都多少年過去了，看看三娃兒，看看如月，慧覺，你也該收個徒弟了。」

「我是想收啊，可是和尚收弟子，可比你們難多了，戒律太多，但我隱約有感，我會有傳人的，先把餓鬼墓的事情解決了吧。」慧覺老頭兒難得認真地說道。

這時，凌青奶奶忽然說了一句：「我們都老了，也累了，想要追求的一些事情，我們該放手去做了……」

「妳啥時候過來的，走路還和以前一樣，不帶聲音啊？」姜老頭兒扭頭嘿嘿一笑，對凌青奶奶說道。

凌青奶奶的神色忽然有些惆悵，然後說道：「好了，大家也休息得差不多了，餓鬼卵的事情

已經解決了，你快去安排接下來的行動吧。」

接下來，姜老頭兒把人分成了三隊，其中他、慧覺和凌青奶奶帶著三個人要下去古墓，我，凌如月、酥肉、楊晟則安排胡雪漫還有一個人把我們送出去。

剩下的一隊，去對付魅靈，然後再和師傅他們匯合。

這意思很明顯，我們幾個要被送出餓鬼墓了，這一次我們誰都沒敢表示反對，臨走前師傅叮囑我：「你把楊晟帶到竹林小築去等我，回去我再罰你。」

我不敢多說什麼，只是臨走前想起一件事兒，就跟師傅說道：「師傅，我在牆上挖了一塊玉，是法器，然後對付餓鬼王的時候，我……」

「那塊玉，我已經收揀了起來，一切回去再說。」師傅的表情有些古怪，不欲多說的樣子。

「可是師傅，你們怎麼沒遇到攔路鬼，然後你怎麼會沒發現那塊玉？」這是我一直想追問的事情。

「等我回去再說！」師傅已經不欲回答我多的問題了，我也只好灰溜溜地閉嘴了。

再上到地面的時候，清冷的月光已經灑滿了大地，周圍非常地安靜，除了偶爾有幾聲蟲鳴。

把我們四人送到門口，胡雪漫說道：「不要再下來搗蛋了，有些事情不是說你有好奇心，就必須要瞭解的，你們都還小，有些世界不是屬於你們的。」

我們也不懂胡雪漫話裡的意思，胡雪漫也不打算解釋，他只是對酥肉說道：「小胖子，你回去之後，知道該咋做吧？」

酥肉是個機靈人兒，他說：「我知道，我這不出來玩，摔了一個大筋斗，才搞成這樣嗎？」

「好小子，怪不得姜爺說你有福氣。」胡雪漫哈哈大笑，使勁拍了幾下酥肉的肩膀。

其實酥肉知道這事兒說出去，只怕連同他的家人都會被牽扯，他是不小心進入了一個神奇的世界，但是有些東西確實不太適合普通人知道。

出大門的時候，幾個拉肚子戰士看見胡雪漫，立刻行了個軍禮，當看見我們的時候，他們幾個傻了眼，咋混進去三個孩子？

胡雪漫咳了一聲，說道：「你們從現在起安心地守好這兒，無論什麼情況下，都必須保證有兩個人不能離開，知道了嗎？」

看見胡雪漫沒追究責任，那幾個戰士鬆了一口氣，然後大聲地回應了胡雪漫的命令。

胡雪漫把我們送到門口，就轉身回去了，剩下我們四個站在這安靜的夜裡，面面相覷，沉默了一陣子，終於還是離開了這裡。

回去之後，沒人有心思吃飯，四個人洗了個澡，就沉默地坐在竹林小築的大廳裡，我也發現一個比較有趣的問題，就是那個天才楊晟竟然是個生活白癡，連水都不會燒那種。

可憐我和酥肉一身帶傷，還得「伺候」他。

好在都是皮肉傷，就是放毒的傷口深了點兒，所以我和酥肉都不敢像以前那樣，跳到木桶裡去泡著，只得草草擦洗一下，至於凌如月和楊晟倒是美美地泡了個澡。

此時的沉默不是因為我們無聊，而是墓裡發生的事情太過神奇，我們都需要一些時間來消化。

酥肉是神經最大條的一個，他問楊晟：「你說你咋也被送出來了？你不是國家派來的嗎？」

楊晟扶了一下眼鏡，秉著一貫認真的態度說道：「出發之前就說好了，一旦姜爺遇見認為危險的事情，我必須聽從他的吩咐，迅速離開。」

「啥？還有危險？」我一下子就站了起來，我以為餓鬼王是最危險的。

「是的。」楊晟取下眼鏡，擦了擦，一本正經的說道：「因為那個墓裡很有可能形成殭屍，那種東西非常的危險。」

「殭屍？」我忽然想起了凌青奶奶說的，墓裡可能有那個。

「嗯。」楊晟點頭回答到，然後又取下了眼鏡，這傢伙連頭髮都擦不好，滴下的水，一次次地把眼鏡片兒打濕。

酥肉看不下去了，站了起來，大步走去房間，取了一條乾毛巾，使勁地幫楊晟擦了幾把，然後說道：「看吧，我一隻手都比你擦得乾淨，現在你可以繼續說了。」

楊晟再次靦腆地笑了笑，然後一本正經地解釋道：「我的時間不太夠用，因為學術上的問題需要鑽研，有些小事兒，我沒時間去學習。」

「行了，我看你能把自己給餓死。」酥肉無奈地翻了個白眼。

楊晟臉一紅，有些小聲地說道：「說起來，我是餓了，沒好意思說。」

「算了，算了，酥肉來幫我，我去做飯，做完飯你好好跟我說說殭屍的事兒吧。我簡直不敢相信，一個博士後還能研究這些。」我無奈地說道。

楊晟卻一下子很嚴肅地說道：「這些要和迷信的事情區別對待，這些事情的研究價值非常的大！知道細菌，病菌嗎？在合適的條件下，它們是人類屍變的最有可能，也最有根據的原因，還有某種電流，在特殊的情況下，能啟動中樞神經，那樣產生的後果，是什麼？就是行屍走肉，還有一些特殊的化學物質……」

楊晟開始滔滔不絕地講起來，可是我們三個聽得頭疼，我呢，一個小神棍，凌如月，一個小巫婆，至於酥肉，一個小混混，誰還能跟書呆子楊扯科學？

我們打斷了他，表示興趣缺缺的樣子，楊晟卻猶自不甘心地吼道：「我們國家是發生了很多匪夷所思的事情的，這裡面都有我們科學工作者的身影，就像那片沙漠發生的事情，但是我們也需要你們的幫忙，儘管你們不懂這其中的科學原理，可是你的方法卻是那麼的有效果。」

我跟酥肉說道：「看他這樣兒，是想我們和他組成一支隊伍似的，這算啥？神棍和科學家聯合？」

酥肉根本不理我，直接說了句：「三娃兒，我們煮個白肉吧？我想吃剁椒的蘸水。」

第六十一章 殭屍，秘聞，科學

楊晟吃東西的時候，我們才深刻的體會到了什麼叫所謂的小事兒不用在意。

飯粒兒橫飛，眼鏡上、衣服上、褲子上，地上全部都是。

我非常後悔，為啥要弄個白肉，楊晟吃的時候幾乎是看也不看，把肉隨便放蘸水裡攪和一下，就塞嘴裡了，那蘸水無疑滴得他身上到處都是。

「晟哥，我估計你又得洗澡了。」酥肉無奈地歎息一聲。

楊晟大口地扒著飯，含糊不清地問著：「為啥？」

「為啥？吃成這副模樣了，還不洗澡？」酥肉覺得自己已經夠邋遢了，這下遇見高手了。

楊晟不好意思地笑了笑，可是動作依然不改，我在心裡抓狂了一下，明明如此清秀斯文的人啊，明明高材生啊，咋吃個飯比那些在地裡勞作的漢子們還粗獷？

凌如月抿著嘴笑，實在是沒辦法，去拿了一張帕子遞給楊晟，說道：「晟哥哥，你擦嘴。」

楊晟接過帕子，又低著頭開始靦腆。

我無奈地問道：「晟哥，我弄的飯好吃？你平時都吃些啥啊？」

楊晟拍掉身上的飯粒兒，擦了嘴之後，又一次非常認真地說道：「我其實不知道好不好吃，因為平時時間總是很趕，不夠用，我吃東西都很快，能填飽肚子是關鍵，營養是其次，味道不重要。」

「噗」的一聲，酥肉忍不住噴飯了，而且很多飯粒兒正好就噴在坐他對面的楊晟身上，可是楊晟毫不在意，又隨手拍去了。

估計對於酥肉這種吃貨來說，絕對不能理解楊晟的話。

看見酥肉這副模樣，楊晟愣了半天才認真地問道：「我說的有什麼不對嗎？請指正。」

「不不不，晟哥說的都對，這當科學家啊，是應該這樣。」酥肉發覺他和楊晟沒辦法溝通。

而且，這晟哥的反應也太過遲鈍了吧？酥肉噴飯都半天了，他自己都把飯粒兒彈掉了，還愣了半天，才想起問酥肉。

但是，我們卻不得不佩服楊晟，他絕對是個聰明人，否則不可能二十三歲就是博士後，他只是把心思全部用在了科學研究上，才會有如此「極品」的生活表現。

這種認真的精神，是我們所沒有的。

吃完飯，收拾完畢，我們幾個卻無任何的睡意，包括楊晟在內，他拿著一個筆記本，不停地在上面寫寫畫畫，皺著眉頭，不知道在想些什麼。

凌如月對墓裡有殭屍比較感興趣，忍不住問楊晟：「晟哥，你怎麼判斷墓裡有殭屍的，根據在哪裡？」

楊晟抬起頭來，還是愣了很久，才清醒過來，這才扶了扶眼鏡，慢條斯理地回答道：「我們國家其實發生了很多殭屍的事件，有一些了無痕跡了，可有一些不得不費盡心力地去掩飾，在殭屍事件的多發區，我曾經利用身份的便利，和幾位老師去調查過，得出了一點兒規律，可是又沒有完全的掌握到。唯一，能稍微肯定一點兒的，就是養屍地，這算是最大的規律。」

楊晟一口科學道理說出來，我們三個又暈乎乎的了。

「養屍地兒？那是啥東西？」我問道。

「養屍地，多出殭屍，因為土壤土質酸鹼度極不平衡，不適合有機物生長，因此不會滋生蟻蟲細菌，屍體埋入即使過百年，肌肉毛髮也不會腐壞，這就為殭屍的形成提供了必要的外在條件，至於內在的條件……」楊晟的眼神也開始變得迷離起來，彷彿這是他一直追求的謎題：「我剛才跟你們說過的，就是一些沒有規律的內在條件，我們抓不住規律，曾經其實是有機會的。」

「曾經有機會？」我疑惑了，其實關於殭屍，師傅不願意和我多講，但是他那一屋子藏書我

卻是經常翻看的，我記得有一小段內容，是說茅山養屍術，就是人為的製造殭屍。

難道科學也能做到這一步？

不過提到這個曾經，楊晟卻擺擺手，顯然他是不能說，這個人太直接，不能說的臉上的表情，就直接告訴你不能說。

可是我們三個卻來了興趣，凌如月拉著楊晟，撒嬌一定要他說。

楊晟被一個十一歲的小丫頭鬧了一個面紅耳赤，這才說道：「那時，我還在少年班，只是聽導師說起過一些模糊的事情，總之那個時候的確是有機會，可感覺那是禁忌的，上天把這把鑰匙收回了。我進了特殊部門以後，我才知道我的眼界狹窄，很多事情比今天在餓鬼墓見到的還匪夷所思，秘密標本室，有骨頭是……」

楊晟自覺失言，乾脆又不說了，可是我知道，他知道的這些，我師傅一定知道得更多。

我和凌如月或多或少對一些事情都隱約有感覺，誰叫我們的師傅是戰友呢？所以，我們不問了，至於酥肉比我們更油滑，他知道身為一個普通人，他所知的這些秘密已經稱得上逆天了，說出去也沒人相信。

所以，他也和我們形成了一樣的默契，當然他更會處理一些，乾脆當沒聽見，直接轉移話題：「那晟哥，你為啥說餓鬼墓有殭屍。」

「我剛才回答了啊，因為養屍地，我進墓之前，採集了那裡的土壤樣本做研究，發現是一塊養屍地。殭屍這種東西是危險的，所以姜師傅叫我離開，我必須離開。」楊晟再次扶了扶眼鏡。

「那你對餓鬼王這種東西咋看？」其實我發現和楊晟聊天是一件非常有樂趣的事情，師傅曾經說過，有些東西，他是知其然，不知其所以然，只是按照一些特定的方法做。

而楊晟就是那種特意去追尋背後原因的人，他的見解很獨到。

「對於餓鬼王的看法，這要從歷史說起，其實人們最早對鬼怪的形象，不是源自於鬼，而是源自於魔，很多兇狠的圖騰，很多形容來自地獄的圖畫，所有的形象，哪怕是遠古時期，你們沒發現，都比較一致嗎？」楊晟問到我們。

我們一愣，確實比較一致，幾乎都是那種眼若銅鈴、大鼻子、鷹鉤的、獠牙、雙角……

「這就對了，歷史上很多事件除了正史，還有歷代術士的歷史，上面記載過一些東西，這不是憑空杜撰的，憑空杜撰的東西在民間沒有流傳的基礎，流傳這種東西，最起碼的是要引起人們的共鳴。簡單的說，鬼這種東西，一說起來，人們就很有共鳴，因為很多人或多或少都有比較靈異的經歷，就算有些人神經大條，忽略過去了，但是一提起，他總會想起些什麼東西。可是到了當代，你說鬼，可能有人會贊成，有人半信半疑，絕對不信的反而是少數，你說魔鬼呢？人們就會說你扯淡。」楊晟用一種講學術的語調，開始給我們認真講解起來。

「那又如何？」酥肉沒把握住其中的關鍵，可是我和凌如月卻懂他的意思了。

「那如何？很簡單啊，在古代，魔鬼這一形象是如何在民間有那麼大的流傳基礎的？只能說明它存在過！到了現在，因為消失了，所以它的存在就被遺忘，再也流傳不起來。而我對餓鬼墓的餓鬼就是這樣一種態度，就算我沒見過，我也會抱著流傳必有其道理的態度去探究，而不輕易下結論。然後，我見到了，我也不吃驚，那只是一種生物學對生命個體的表現形式，就如同外星人和我們一定相同嗎？他們又是怎麼樣的形象？」楊晟在說起學術的時候，是如此的能言善辯，和剛才木訥，遲鈍的樣子，半點兒不沾邊。

「你會研究餓鬼嗎？」我問楊晟。

「會，所以我帶回了二枚餓鬼卵，但不是所有的成果都能得到應用，有些成果是假成果，就是說在特定的條件下才有一定的作用，那就只是一個科學結論，而且是秘密的科學結論。」楊晟認真地說道。

「可你這樣研究的目的是為什麼？」我問道。

「我們一代代的人去探究，總有一天，有些秘密會在人們的眼前解禁，為人類所利用，儘管在現在，它能引發的後果極有可能是恐慌，這就是我畢生的追求，科學總是需要犧牲去鋪就道路的。」楊晟說道。

我們三個肅然起敬。

楊晟沒感覺到我們的情緒，只是繼續說了一句：「科學不是否定，排斥，科學應該包容。」

第六十二章　導引之法

師傅他們整夜都沒有回來。

當天微微亮的時候，我吐出一口濁氣，心裡有些不安，整整一夜啊，師傅他們在幹什麼？怎麼還沒有回來？

「吱呀」一聲，我身後的竹門開了，我轉頭一看，是楊晟頂著一個雞窩頭起床了，他也真行，睡個覺能把頭髮睡成這樣。

「三娃，你幹啥呢？我睡覺不踏實，多早就聽見你起床的聲音了。」楊晟隨便抹了一把臉，就問我。

「早課，你也可以理解為晨練。」其實我沒多大心思說話，我擔心著師傅他們為什麼一夜沒回來。

「是怎麼練的，對身體有好處嗎？教教我唄，我生活老是沒什麼規律，學學這個也好。」楊晟一下子就積極了起來，我看得出來對於道家的神奇他還是很嚮往的。

可是我教他什麼？早課的內容顯然不適合他，不過這楊晟的生活習慣真的夠亂的，我想了半天，跟他說道：「氣功我不能教你，不過教你一點兒簡單的按摩法吧，至少能強身健體。」

楊晟也乾脆，說道：「好吧，你現在就教我吧。」

我望了他一眼，說道：「你急啥？至少先去洗漱一下吧。」

楊晟嘿嘿一笑，轉身去洗漱去了，這個人估計比酥肉神經大條，師傅他們一晚上沒回來，他竟然沒什麼感覺。

這一天，竟然出人預料的有陽光，當楊晟洗漱完畢後，剛好一絲清晨的陽光就穿破了雲層，灑在這剛剛被細雨洗禮過，青翠欲滴的竹林。

楊晟洗漱的動靜太大，吵醒了酥肉和凌如月，一時之間大家都早早起來了，洗漱一陣兒，都聚集在了門前我練功的小壩子裡。

「三哥哥，我擔心奶奶……」說這話的是凌如月。

「三娃兒，姜爺他們沒回來過？」酥肉也挺擔心。

我這個時候不能表現出什麼來，不然凌如月鬧著要出墓裡找奶奶，可不是好玩的，我說：「他們肯定有很多事情要處理，不是說就在墓裡待了一晚上，你們別瞎想。」

楊晟扶了扶眼鏡說道：「是的，他們就算處理完墓裡的事情，也還有很多事情要處理，就比如寫報告，上報什麼的，得要三、五天吧，才能回來，你們別擔心。」

原來楊晟知道啊，怪不得他不著急，我是不清楚我師傅他們的工作流程具體是怎麼樣的，不過楊晟這麼一說，我倒是放心不少，畢竟楊晟經過一天短短的接觸，我知道他是一個不太會撒謊的人。

看著清晨的陽光，我的心情也明朗了一些，直接說道：「楊晟，來吧，我教你這套導引法。」我這樣一說，酥肉和凌如月也來了興趣，紛紛都表示要學，我也無所謂，其實只要不是涉及到一些口口相傳的秘法和口訣，有些東西的確是值得發揚光大的。

當然，比如氣功，存思什麼的，我也是不會教他們的，因為那是很危險的東西，也有諸多的限制。

一套導引法，我在他們面前細細地做了一次，然後讓他們照著做，我開始一個動作一個動作的糾正。

「不，楊晟，你的第一個動作不對，兩手更相扭捩，如洗手狀，是說兩個手掌搓熱那種感覺，不是草草的洗手，你想像在冬天很冷的地方，你手很冷，然後你使勁搓熱它，不……不是那樣，動作稍微慢一些，把冬天暖手那個動作放慢來進行，對，就是這樣的感覺。」

「酥肉，這第二個動作，被你做成什麼了？這兩手淺叉，翻覆向胸，是一個推手的動作，十指交叉相扣，然後推出去，再然後翻手，是翻動手腕，然後朝著胸口縮回來。」

我無語地看著楊晟，酥肉，還有凌如月練著這套導引法，非常亂七八糟，凌如月被我說煩了，乾脆一甩手，不練了，酥肉心不在焉的，樂呵呵的，當玩兒一樣。

只有楊晟非常認真地練著，雖然練習得四不像。

練著，練著楊晟就跟我說：「三娃，你教學方式是不對的，你能不能逐字逐句地分解動作來教我們，你剛才那樣練了一遍，我也記不住啊。」

我想想也是，於是點頭說道：「好吧，剛才第一二個動作，我已經詳細地解析過了，從第三個動作開始吧。」

「兩手相捉，共按膝上，左右同，這句口訣不能只看表面的意思，簡單地說，步子要紮成馬步，兩隻手交疊，然後一起按於膝蓋上方，最關鍵的地方是，在手的壓力到了膝蓋之後，膝蓋要自然地上頂，不是說膝蓋要動，而是面對壓力，膝蓋要努力伸直，而手卻用力把膝蓋壓下去的感覺，這樣方能舒筋活血。」

任何的動作，如果沒用上合適的力道，是起不了作用的。

「兩手相叉，叉重按左右胜，徐徐拔身，左右同，在這裡，這個胜字，通髀字，是指的髀

骨，對，就是肋下髀骨的位置，就是兩手十指緊扣的樣子，按住髀骨的位置，然後蹲下去，再慢慢地站起來，左邊髀骨一次，右邊一次，按住的力量要重，站起來的時候，你可以想像背上背負著一袋米，就這樣費力地，慢慢地站起來。」

「如挽一石弓餘力，左右同，這個你們很好理解吧？一石為一百二十斤的大弓，拉弓的動作，想想吧，一百二十斤的大弓，你用力把它拉開，那是需要多麼大的力量，對，左手，右手都要拉開，之所以很多人做按摩導引法的效果不到位，就是因為力量不到位，這樣的動作，對於肩周炎之類的是非常好的。」

「作拳向前築，左右同，在這裡，拳頭要求必須握緊，楊晟，你在憤怒的時候，拳頭不會緊握嗎？對，就是那樣，腳步用弓步就好，然後用力地揮出你的拳頭，就像在打擊你最恨的人，不要那麼軟綿綿的，要用力地揮出！」

「如拓千斤之石，左右同，舉起你的手，現在你的手上不是空無一物，是舉著一塊很重的石頭，這塊石頭，你必須用全身的力氣才能舉起來，懂嗎？用全身的力氣，上舉你的手，對，左右都要。」

「以拳卻頓，此名開胸，左右同，握緊你的拳頭，然後使勁地向後伸展，對，這就是擴胸運動那樣，就像廣播體操裡的擴胸運動，不同的是，不是一起進行，是左右分開進行，左邊兩下，右邊兩下，然後一起再向後擴。」

「大坐斜身，偏倚如排山，左右同。對，坐下來，雙腿伸直坐下來，然後扭腰側身，就是把身體側過來，然後雙手推出，要徐徐地推出，想像一下吧，你面前有一扇很厚重的大門，你需要把它這樣推開，身體不能動，必須這樣斜著，然後只能雙手把大門推開。」

「兩手抱頭，宛轉脳上，此名開脅，左右同。在這裡，立定站好，然後用雙手托住你的頭，先從左邊使勁地把頭往上，往後扳動，然後是右邊，這個動作是牽引你的肋骨，最大程度上地把身體活動開來，讓氣息流動，為了達到最好的效果，兩邊動作最好做到位。」

解析了十個動作，我覺得有點累了，所謂導引法，也必須配合想像，就如後來興起的瑜珈，但效果更為直接，如果力度到位，一次導引法做下來，人該是大汗淋漓。

此時，楊晟已經汗流浹背了，可後面還有九個動作。

不過，如果楊晟能堅持練習，或多或少能對他這種生活無規律，吃飯也是狼吞虎嚥的人的身體有所改善吧。

第六十三章　師傅歸來

花費了一個上午的時間，總算教會了楊晟這套導引法，楊晟累得有些氣喘吁吁，但看得出來，他挺興奮，他問我：「三娃兒，這套導引法那麼好，為什麼沒流傳開去？如果流傳開去，有很大的好處啊。」

我的面色有些古怪，望著楊晟說道：「晟哥，誰說沒有流傳開去？知道中小學的廣播體操嗎？就是參考了這套導引術，那是簡化版，可惜現在的學生娃娃誰會認真去做啊？動作其實不是難點，難點是在於用力的程度，這裡就摻雜了一點點小小的存思，就是要想像配合動作，力道才能恰到好處。」

「我……」楊晟愣住了，他沒有想到中小學生的廣播體操實際上是來自於這個。

「這套導引之法普通人練習沒有任何的危險，因為不是氣功，我給你講解也不是講解動作，而是分解每個動作，該用什麼樣的力量去配合，才能起到效果，就如我扔給你一套圖片，你去照著做，也只是只具其形，而不具其力！當然在氣息上，只有一個簡單的法門，那就是在發力時，一口氣息含而不散，在散力時，儘量悠長地吐出這口氣息就行了。」我簡單地說道。

「原來國家是重視這些的，竟然讓學生娃娃從小練起了，我說這些動作有些眼熟呢，可是為什麼不說明？」楊晟抓了抓腦袋。

「很簡單，以前就破過四舊，這些東西要如何說明？」我的言下之意，估計楊晟能理解。

楊晟點點頭，他只是個生活白癡，但是智商卻是極高的。

看著已經日上三竿，我對楊晟說道：「晟哥，最好的練習時間是早上，剛剛睡了一覺之後，身體需要舒展，不過在練習之前，先做些小小的熱身運動，效果會更好，堅持做吧，這是最簡單的導引之法了，可是簡單卻不敷衍，一兩年後你會發現身體靈活，而且體質也會增加。」

一轉眼，三天就過去了。

酥肉在前天就已經回家，山上只剩下了我和凌如月，還有楊晟。

這三天，我們三個過得倒也簡單，楊晟常常問凌如月一些關於昆蟲的問題，問一些關於道家學說的問題，而我和凌如月呢，則非常喜歡聽他講科學上的秘聞。

這種交流非常的有意義，我們三個的感情就在這種交流中慢慢地昇華。

我發現楊晟這個人，除了生活習慣上近乎於小孩，品德上卻非常地讓人折服，誠懇，正直，

認真，誠實。

而凌如月那個小丫頭，我則對她有了新的認識，這丫頭雖然有些小女孩的任性，有些古靈精怪，但本質上一點兒都不壞，而且非常的重情重義，我和她也算是在古墓裡歷經過生死，我在心裡把她當成了妹妹。

「三哥哥，晟哥哥，奶奶回來了，我就要回寨子了，姜爺爺說以後我們會再見面的，你覺得是什麼時候啊？」此時的凌如月坐在竹林小築的欄杆上，兩隻小腳丫一晃一晃的，甚是可愛，可一張小臉蛋兒上卻是憂慮的。

楊晟扶了扶眼鏡認真地說：「我的研究專案，註定了我要前往很多傳說中危險的地方，三娃，如月，你們快些長大吧，我也很希望像老師那樣，有一兩個神秘的高手在身邊幫助。」

我扔了一顆花生米在嘴裡，說實話我的未來該是咋樣的，我自己並沒有什麼計畫，都是按照師傅的安排，楊晟的意思我能理解，他是指我長大能夠加入某些部門，和他成為最好的搭檔，可是師傅並沒有給我提起過這方面的打算。

「過不了多久，我就要去北京了，緣分這種東西，不可強求，但如果我們有緣，天南地北的距離又算什麼？我們總會相聚的。」我有些懶洋洋地說道，花生的焦香瀰漫在口中，就如此時的氣氛，有些靜謐的安寧，卻讓人無比的幸福、心安。

這是志同道合的朋友帶來的舒服。

「到北京？可惜這邊的事情完成後，我會去新疆，和我的一位老師進行一個項目，不然在北京，我就能再見到你了。」楊晟也剝了一顆花生，可惜花生殼被他咬得亂七八糟。

「我回雲南，胖子哥哥還會留在四川吧，三哥哥，我忽然覺得我們幾個隔得好遠啊。」凌如月托著自己的小下巴，幽幽地歎息了一聲。

「哈哈，我說過，有稱東西叫緣分，天南地北的距離可不算什麼，我們會再見的。」也許即將到來的分離會讓人傷感，可是我並不會不捨得，前方的道路心裡有感情的支撐，就不會孤獨，比如我的父母，我的兄弟姐妹，我的朋友。

「三哥哥，晟哥哥，我給你們唱歌小曲兒吧。」凌如月晃蕩著小腳丫子，幽幽地說道。

「好！」楊晟帶頭鼓掌起來，我也樂呵呵地跟著鼓掌。

凌如月望著遠方的竹林，開始慢慢地唱起來：「日出嵩山坳，晨鐘驚飛鳥……」

正是我喜歡的《少林寺》的那首插曲，凌如月唱得極好，沒想到這小丫頭唱歌那麼厲害，我和楊晟都聽得沉醉了，一曲唱完，我和楊晟都還呆呆地回不過神來。

「真是絕了，比原唱都差不遠了多少！」楊晟吃驚地說道。

「是啊，小丫頭，妳可以去當個歌星了。」我也很吃驚。

凌如月難得地臉一紅，說道：「才沒有了，我姐姐唱歌比我好聽多了，我姐姐最好了，也最厲害了。」

「妳姐姐是……？」我是不止一次聽這個小丫頭提起她的姐姐了，剛準備問，忽然楊晟「刷」地一下就站了起來，我嚇一大跳，隨著他的目光看去，我才發現，從竹林裡走出四個人。是我師傅他們回來了，師傅、慧覺、凌青奶奶，胡雪漫也跟著，真的是他們。

「如月，妳看，他們回來了，妳奶奶也回來。」我有些控制不住情緒激動地大喊道。

凌如月一激動，從欄杆上跳了下來，驚喜地一看，不正是他們回來了嗎？

飯桌上擺著我為師傅他們熱好的飯菜，是我們中午吃剩下的，我當然不會忘記給慧覺大爺煮上兩個雞蛋，飯菜雖然簡單，可也是些山村野味，新鮮無比，可是我發現他們四個人沒什麼胃口，都沒有吃兩口。

氣氛有些不對，從回來到現在，他們只是給我們三個簡單打了一聲招呼，就沒怎麼說話，他們顯得很疲憊，也很沉重。

我一肚子的問題，不敢問，看著沒人再動筷子，就開始默默地收拾。

凌如月老老實實地給凌青奶奶搥著背，看那個樣子，也是一副有話不敢說的樣子，十分的壓抑。

只有楊晟，他估計情商不是很高，也不懂得察言觀色，見他們吃完了飯，就問道：「姜師傅，這次古墓的報告，我能看看嗎？是不是有殭屍？而鬼母又是一個什麼樣的存在？」

我一頭冷汗，見過直接的人，但從來沒見過那麼直接的人，簡直一點兒婉轉都沒有，在這種情況下，楊晟不碰釘子才怪。

可是出乎意料的是，我師傅說話了，他說道：「我們是從墓裡直接回這裡的，行動報告還沒有寫，至於鬼母是個什麼樣的存在，凌青，妳給他看看吧。」

「噹啷」我手裡的碗一下子掉到了地上，我師傅他們在搞什麼，直接把鬼母帶出來了？而凌如月也愣住了，雙手竟然搥到了空氣上，也不自知，顯然她也沒想到，我那個平時喜歡藏著掖著的師傅那麼的直接。

「我就知道，以你楊晟這個一根筋的性格，一定會給這幾個娃兒說墓裡有殭屍，我真的服了你了，竟然還能進秘密研究組，嘴巴可真夠嚴實，也不怕一不小心就是特務了。」我師傅忽然感慨了一句。

可是我已經無心聽了，我非常想知道，鬼母是個什麼樣子。

第六十四章　線索

「這是鬼母？」我嚥了一大口唾沫，有些難以置信地盯著凌青奶奶手上的東西。

凌如月卻是非常地感興趣，看那樣子，手已經忍不住要去摸摸這個鬼母了，以我對這個小丫頭的瞭解，她的愛好非常特殊，她不愛小姑娘們都愛的東西，反而愛些蟲啊，稀奇古怪的花草啊，蛇啊之類的東西。

果然興趣愛好這種東西是要靠從小培養，凌如月這丫頭真的不走尋常路。

而楊晟的反應最為激烈，他扶著眼鏡，反覆地在凌青奶奶身邊走過來走過去，大呼小叫的說著：「太神奇，真的太神奇，這種東西讓我想到了螞蟻一族的蟻后，生物學果然是神奇的，打開大門之後，無盡的寶藏等我去探索。」

我起了一身雞皮疙瘩，相對來說，鬼母在我心目中就長得比花飛飛好一些，因為花飛飛是蜘蛛，我對蜘蛛有種本能的害怕，但也就僅限於比花飛飛好一些了。

只因為鬼母是個啥玩意兒？鬼母是隻飛蛾！

一隻相當於人半個腦袋那麼大，黑色的飛蛾！但是不要以為這樣，鬼母就不恐怖，牠的恐怖之處在於牠的花紋，組合起來看，就是一張似笑非笑的臉，看著視覺衝擊非常大，非常的詭異，跟餓鬼墓大門上的浮雕一模一樣，這就是傳說中的鬼母！

我想過千百次牠的形象，甚至為此翻過師傅收藏的一些有限的佛門典籍，可我就是想不到牠是一隻飛蛾的形象。

「師傅，怎麼是隻飛蛾？牠厲害嗎？牠咬人嗎？」但無論是長得怎麼恐怖的飛蛾，終究只是一隻飛蛾，我想不出牠的厲害在哪裡。

「三娃兒，牠咬人又有啥用？還不是一巴掌拍死的貨，牠的厲害在於，只要牠願意，牠可以召喚一堆牠的孩子出來，包括餓鬼王。控制了鬼母，就等於控制了一堆餓鬼，你覺得呢？所以，我們去找鬼母之前，必須先清除那些餓鬼卵和已經孵化出來的餓鬼蟲，在極度危險的情況下，這鬼母可以讓那些蟄伏的餓鬼卵在極短的時間內全部孵化，這就是牠比蟻后厲害的地方。」胡雪漫沒好氣地說道。

我盯了一眼楊晟，怪不得這小子嚷著鬼母蟻后什麼的，原來他早就知道了，就是想知道鬼母是以什麼樣子存在的，就如餓鬼，很多想像不到牠是類似於蛔蟲的東西。

有一些真相暴露出來，往往讓人目瞪口呆，怎麼都不肯相信，可這就是真實，就像你很難讓古代人去想像現代的飛機，讓現代人去想像古代的那種忠義精神。

「這裡是人間，人的地盤兒，牠化不了形，不然鬼母可是有法力的傢伙，就算沒了鬼子，也很難對付。」姜老頭兒淡淡地說了一句。

「師傅，你們咋進去了三天？你們在哪兒發現鬼母的？牠真的在那個古墓裡？」反正有了楊晟當擋箭牌問問題，我就心無顧忌了，乾脆也問了起來，關於師傅他們這幾天的經歷，我實在太好奇了。

師傅的臉色沉重了起來，慧覺直接念了一句佛號，凌青奶奶沒有說話，而是直接把凌如月抱進了懷裡。

只有胡雪漫，眼眶一下子就紅了，他摘下他的帽子，放在了桌子上，聲音非常低沉地說道：「我們犧牲了二個戰友，還有一個在搶救……」

死人了？我一下子呆立在那裡，我在餓鬼墓裡待過，我無法想像那天和我一起在大廳休息，遞雞蛋給慧覺吃的那些戰士會死在餓鬼墓裡。

不是餓鬼王都解決了嗎？殭屍很可怕？還是鬼母很……？

師傅臉色嚴肅，只是從懷裡摸出一個小布包，打開之後，有兩件東西，一件兒是我從牆上撬下來的古玉，一件兒是一塊小銅牌，上面的符號和玉上的符號一模一樣。

沉默了一陣子，師傅吩咐到：「三娃兒，把紙筆拿來。」

我不知道師傅要做什麼，但還是到房間裡幫師傅把紙筆拿了出來，幫師傅把紙鋪好，然後專心地在師傅旁邊幫他磨墨，師傅拿起筆沉思了一陣兒，然後下筆如飛地在紙上寫了起來。

我原以為師傅是要寫報告的，卻不想師傅寫的是一種很古老的字體，我勉強能認識幾個字，但離讀懂卻是不行的，那段話不長，很快就寫完了，師傅待得晾乾了之後，就把紙折了起來，然後遞給了楊晟。

「你去新疆之前，要回一次北京，是不是？」師傅問楊晟。

「是的，要回去交報告，姜師傅，你不是要回北京？」楊晟有些吃驚。

「回是要回，但是見不見一些人，回不回部門報到就不一定了，但這封信非常重要，你幫我交給我們行動部的部長，幫我轉告一句話，就說是這個餓鬼墓裡的最大線索。」師傅吩咐道。

我聽得迷迷糊糊的，什麼最大的線索？為什麼師傅不親自去交這個東西？

「李部長？沒問題！」楊晟點點頭。

然後師傅又把古玉和銅牌重新包好，也遞給了楊晟，說道：「這個交給秘密調查部門，要他們查一下，有沒有發現類似的符號，然後背後代表的是什麼，是一個人，還是一個組織，這點非

常重要，因為他們手裡掌握的資料非常多，查起來比我有效率。」

楊晟點點頭，這人對一些糾纏不清的事情沒有什麼好奇心，除了他的科學研究。

吩咐完這一切，師傅站起來說道：「你們幾個小輩就散了吧，自己去玩。雪漫你進房間來，我們給你交代一些事情，你把報告寫了吧，然後你回去，看看那個傷重的孩子，不惜代價的搶救他吧。」

師傅的言語間頗有些歎息的味道，而且我覺得師傅從墓裡回來之後，有了很重的心事。

我和凌如月心不在焉地在外面待著，楊晟則又開始寫寫畫畫，大概這樣過了一個小時之後，胡雪漫從房間裡出來了，可是我師傅他們卻不見人影兒。

胡雪漫走到我面前，忽然就使勁兒地摸了摸我腦袋，說道：「三娃兒，你去北京之後，會不會把胡叔叔忘了？」

他這一說，我忽然有些傷感，其實這大鬍子叔叔挺好的，可沒想到他也這麼感性。

我大聲說道：「我當然不會忘記胡叔叔，但是我師傅走了，你們也還要留在這兒嗎？」

「原本，你師傅走了，我們這個分部就要撤出，撤到這裡所屬的城市去，畢竟這樣的分部因為各種原因，是不可能全國各處都存在的，但是因為這裡出了一個餓鬼墓，我們基本上要留守這裡，害怕還有忽然的狀況，北京那邊會派人來帶著我們的，就是沒有你師傅那好本事了。」胡雪漫有些感慨地說道。

做為國家的人，有些事情可不是能遵從自己的意願的，必須服從國家的安排，聽胡雪漫的意思，挺想跟著我師傅的。

「我師傅很厲害？那個部門裡的人不是都很厲害嗎？」我有些茫然，其實我知道師傅厲害，可是沒有一個對比的概念，完全不知道放在同一類人中，師傅算什麼水準。

「很厲害，全國能都排上號，你們師祖教出來的幾個弟子都是人物。」胡雪漫真誠地感慨道，但貌似又覺得自己說得太多，他拍拍我的肩膀說道：「三娃兒，快點長大吧。」

說完之後，胡雪漫轉身就匆匆地離去了。

我莫名其妙，卻又傷感，這次去了北京，我還能再回家鄉嗎？還能再見到大鬍子胡叔叔嗎？

師傅他們一直沒有出來，但偶爾會有幾聲爭論的聲音傳出來，彷彿他們也很激動，可是他們在說什麼，我卻不知道。

楊晟這個人很機械，除非是有特別的事情，否則晚上十一點之前必然睡覺，他和我睡客廳地鋪，此時他已經打起了呼嚕，我和凌如月對著油燈默默無語。

轉眼，夜已深……

「三哥哥，姜爺爺在寫字的時候，奶奶跟我說了，我們明天就回去。」凌如月打破了沉默。

「嗯。」我有些悶悶的，忽然覺得人生好像一齣戲，我一開始非常討厭凌如月，可是想著明天她要離去，又開始傷感，誰能預料，這短短的幾日，我們建立了深厚的友情呢？

滿眼的熱鬧，忽然間就變得冷清，有時候也會覺得不舒服。

「三哥哥，晟哥哥也說他明天就要走。」

「嗯。」

「你一直嗯什麼啊？你不會捨不得？」

「有些事情不是說捨不得，就不會發生，我們要相信在未來一定會相逢。」

「嗯，」凌如月重重地點頭。

此時，門開了，凌青奶奶走了出來。

第六十五章 細雨中的離別

這是一個很安靜的夜，凌青奶奶領著凌如月到我的房間去睡了，楊晟的呼嚕聲還在連綿不斷，我在師傅的房間，再一次對著師傅和慧覺相顧無言。

沉默彷彿是一種會傳染的病，當一個人刻意沉默時，其他的人也會有這種疲累而無言的感覺。油燈的光，昏黃而溫暖，曾經我和師傅，偶爾還有慧覺爺爺，就是這樣守著一盞油燈走過一個又一個的夜晚，有時爭吵，有時扯淡，有時大笑，總之那是屬於竹林小築的回憶，一段安寧的歲月。

「我明天要離開了，三娃兒，下次再見面你就長成個大小夥子了吧，說不定我那時也有徒弟了，你可得對他好一些，別像我和你師傅似的，一見面就吵架。」首先打破沉默的是慧覺爺爺，他的眼神很清淡，也許佛門中人，對離別看得更灑脫一些。

師傅歎息了一聲，摸著我的腦袋，說了一句：「三娃兒，快些長大吧。」

我覺得這句話咋就那麼耳熟呢？仔細一想，才知道胡雪漫對我說過。

怎麼一時間所有的人都盼望我長大呢？

「師傅，是要我長大了也和你一樣，加入什麼部門，然後為國家服務嗎？」我只能理解為這個意思了。

「不，未來是你的自由，師傅不會束縛你，小鳥兒總要一個人飛翔的。」師傅凝視著遠方的窗外，有些沉重地說道。

我心裡覺得不安，可是師傅的話卻沒有什麼毛病，我隨著他的目光望去。

窗外，一彎冷月。

第二天，小雨下得綿綿密密，打在竹葉上沙沙作響。

凌如月趴在我的背上，臉上還有未乾的淚痕，只因為她早上吵著凌青奶奶，說要再留一天，被凌青奶奶毫不猶豫地拒絕了。

小女孩總是要嬌氣一些，面對這種拒絕，忍不住就哭了，直到我哄她，說背她下山，她才勉強算平靜了下來。

楊晟就走在我和凌如月身後，山路濕滑，他總是忍不住就打趔趄，惹得慧覺老頭兒毫無形象地在後面大笑。還佛門中人呢，取笑別人，他總是搶在第一。

不過楊晟真的不錯，自從學習了導引法，每日總是按時練習，我想比起我這個被師傅逼迫著，還想辦法偷懶的人是好太多了。

慧覺、淩青奶奶、師傅走在楊晟的身後，這一路儘管他們不停地取笑楊晟，可我能感覺出來有一些沉重的意思，難道也是為了離別傷感嗎？

可是他們卻不是常常在一起的。

下山之後，我要放淩如月下來，淩如月不肯，就要賴在我背上，她說道：「三哥哥，你多背我一會兒，寨子裡都沒小孩兒跟我玩，也沒哥哥背我。」

我心裡一軟，終究還是沒把淩如月放下來，嘴上卻問道：「為啥？是不是因為妳太討厭了？」

「我才不討厭呢，他們都尊敬我，但是怕我，我覺得不是真心親近。」淩如月這丫頭難得不和我計較，認認真真地回答我。

「為啥怕妳？」我問淩如月。

可是這小丫頭竟然沉默了。也罷，她不愛說，我也就不問。

遠遠的，我看見村口站著一個人，不是酥肉又是誰？

酥肉一見我們，快速地就跑了過來，那小子傷還沒好，一隻手吊著，一跑起來全身肥肉都在顫抖。

「胖哥哥。」凌如月甜甜地叫道。

酥肉應了一聲，就忙著和我師傅他們打招呼，我覺得奇怪，就問：「酥肉，你咋會在這兒？」

「我昨天看見姜爺他們上山的，我還跟他們打了招呼，可姜爺不要我跟上山，後來我吃晚飯，不是無聊嗎？和小武他們在村裡溜達，遇見雪漫阿姨下山，他說一大票人今天一大早就得走，我這不等你們嗎？」酥肉說道。

我翻了個白眼，啥叫一大票人要走啊？我敢打賭雪漫阿姨原話不是那麼說的，這酥肉懶到連話都懶得說清楚。

我還沒來得及說啥？酥肉已經忙忙慌慌地要幫慧覺提行李了，這小子就是會來事兒。

有了酥肉的存在，氣氛總算活躍了一些，一行人走在熟悉的路上，看著這山村中特有的雨景，也開始說說笑笑，一條路慢慢地走，從天剛光亮，走到天色大亮，到了鄉場車站的時候，已經是上午快十點了。

「好了，不送了，到鎮上我去找胡雪漫，讓他安排車送我們回去吧。」凌青奶奶說話間，就把凌如月從我背上抱了下來，凌如月這丫頭眼裡全是不捨，一瞬間，眼眶就紅了。

這也怪不得她，寨子裡的生活對一個小孩子來說，也許太過無聊，好不容易有了幾個好夥伴，還一起冒過險，誰捨得？

我們還沒來得及說什麼，我師傅忽然說了一句：「凌青，我們都老了啊。」

凌青奶奶再一次露出了在墓裡那次惆悵的表情，嘴角動了動，終究沒說什麼。

慧覺卻接口說道：「是老了，這都八二年了，還記得五一年嗎？我們第一次合作，那一次的任務完成後，我們三個人在車站分別的場景。凌青，妳還打了姜立淳來著，威脅他再見到他，絕對給他下蠱。」

凌青奶奶臉一紅，說道：「都是過去了事兒了，老提幹什麼？」

「是啊，我不過是笑話有個人怕坐火車，受不了那味兒，是她大小姐，結果就被威脅，要被下蠱了。」我師傅調侃著說道，三人一陣兒大笑。

我們幾個小輩也跟著笑，此時離別的氣氛總算沖淡了一些。

「現在呢，不一樣了，我們還是站在這裡，下一代都那麼大了，慧覺，你可要跟上腳步啊，我們老了，我們要去做我們想做的事情了。」笑完之後，師傅忽然這樣說道。

「放心吧，我的徒弟肯定後來居上，不比三娃兒和如月差勁兒。」慧覺老頭兒在我師傅面前可是不服輸的。

「你們兩個啊，還是跟從前一樣，以前為了道家佛家誰厲害打架，現在要為了誰徒弟厲害打架不？」凌青奶奶斜了兩個老頭一眼，雖然歲月最是無情，這一眼嗔怪的表情，由凌青奶奶做

來，還是風情萬種。

我師傅竟然有些發呆。

「三娃、酥肉、如月，我去新疆會給你們帶土特產的。」楊晟忽然說話打斷了這一瞬間的風情，這小子，總是幹這種事情。

我師傅尷尬地咳了一聲，罵楊晟：「你小子又一根兒筋了，是不是？啥土特產，你要帶到哪裡？就算知道地址，凌青那裡你可游不去，我和三娃兒北京在哪兒你知道嗎？酥肉收到你的土特產不壞了嗎？」

「葡萄乾兒不會壞。」楊晟難得地狡黠一次，不過那樣子分明是在研究學術似的，還是扶了扶眼鏡，一本正經地說。

我師傅吃癟，一肚子氣，乾脆不理楊晟了。

楊晟望著我們，倒是真的很認真地說：「土特產也許帶不了，但是我會給你們三個人留著紀念品的，等我們再相聚。」

我們忽然就開懷大笑了起來，是啊，再相聚。

此時，到鎮上的公車已經開了過來，聽著那「滴滴」的喇叭聲，一直很鎮定的我，忽然生出了一股強烈的不捨，我壓抑著。

直到凌如月含著眼淚，給我揮手再見的時候，我才大聲喊道：「慧大爺，記得再和我下棋。凌青奶奶，如月，我長大了，一定會去看妳們的。」

慧覺回頭慈愛地看了我一眼，而凌青奶奶牽著如月，望著我微笑了一下，如月則嗚嗚地哭了出來。

我目送著車子走遠，回頭就看見師傅正微笑地望著我，酥肉把手搭在了我的肩膀上：「開玩笑，闖江湖的人，離別只是等閒事兒。」

我忍著眼中的淚意，強笑著說道：「你娃兒啥時候那麼有文化了？」

「看武俠小說看的唄。」

「狗日的！」

我和酥肉同時笑了，我師傅則望著我們，一人拍了一下腦袋，說道：「走吧，咱們回去了。」

「姜爺，回去講個餓鬼墓的事兒唄？」

細雨依然綿綿密密，我搭著酥肉的肩膀，靠著師傅，忽然覺得一下子就開懷了。未來，總是充滿著溫暖、希望，和無限可能的。

第六十六章　餓鬼墓迷霧

竹林小築有一樣東西是酥肉一直都念念不忘的——我師傅打造的泡澡用的大木桶。用酥肉的話來說，半個小池塘了。

頂著一身綿綿細雨回到山上，我們三個人身上竟然都濕透了，潤潤的，貼在身上很不舒服。師傅要泡澡，我也賴著師傅要一起泡。

其實，小時候，我常常和師傅一起泡澡，這兩年，這樣的事兒倒是少了很多，但今天，我很想和師傅一起泡澡。

見我要和師傅一起泡澡，酥肉也不依了，非要一起泡。

師傅望著我們兩個，一人踢了一腳，但還是挽起袖子，熬煮起香湯來，並沒有反對什麼。

泡澡的木桶的確很大，我們三人各據一方，都不顯得擁擠。

煙霧升騰，香湯特有的香氣裊裊散發在空氣中，讓人不自覺就放鬆下來，我舒服地歎了一口氣，剛才傷感的心情也沉澱下來。

我望了一眼酥肉，這小子也不知道從哪兒弄的一把瓜子兒，正在舒舒服服的嗑著瓜子，一副很瀟灑的樣子，而我師傅顯得有些疲憊，閉著眼睛靠著，也不知道在想些什麼。

「酥肉，要是我發現水裡有半片兒瓜子皮兒的話，我就把你踢出去。」終於師傅說話了。

酥肉趕緊地把手上的瓜子扔了出去，討好地望著我師傅笑。

我師傅輕哼了一聲，說道：「待會兒你打掃這裡。」

酥肉忙不迭地點頭，說道：「姜爺，絕對沒問題，但是你給我們講講餓鬼墓咋回事兒吧？」

我拿帕子擦了一下臉，也跟著酥肉說道：「師傅，你講講吧，咋會死人呢？」

我師傅沉默了一陣，說道：「死人是因為我們開棺取鬼母。」

「鬼母在棺材裡？」我吃了一驚。

「原本在棺材後面的牆上，飛進了棺材而已，那棺材有人故意在上面砸了一個口。」師傅的聲音冷了下來。

酥肉一愣，忍不住問到：「姜爺，砸個口幹啥？那什麼人啊？」

「砸個口，就是為了我們開棺，驚醒裡面一直睡著的殭屍，殭屍一沾生人氣兒，必醒。」

「師傅，你別有一句沒一句的，你能不能完整地說完啊？」我也急了，什麼殭屍那麼厲害，

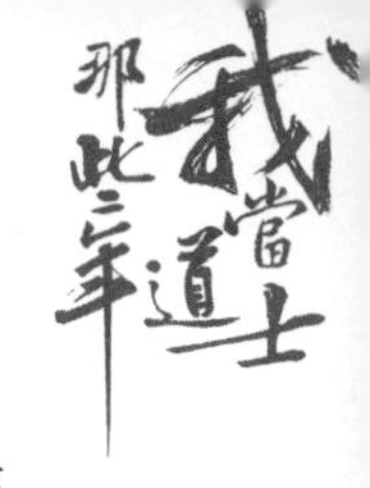

在我師傅、慧覺、凌青奶奶都在的情況下，都還死了兩個人。

「泡完澡再說。」師傅只這樣說了一句，又閉上了眼睛，看得出來他是真心的有些心累。

相比於前段日子的熱鬧，此時的竹林小築又變得有些冷清起來，我想此刻要不是因為酥肉在，還會冷清幾分的吧？

長廊上，一壺清茶，三張靠椅，我們就這樣懶洋洋地坐著，看外面細雨紛紛，等著師傅開口給我們說餓鬼墓的一切。

慢慢地咽下一口茶湯之後，師傅終於開口說道：「餓鬼墓的一切，都是一個陰謀，這個人很厲害，精通道法、巫術、蠱術，我比之不及。中了算計，也是活該。」

「師傅，你總說天外有天，人外有人，不求立於巔峰，但求在我之歲月，求我所求，竭盡全能就好，咋你也起了比較的心思啊？」我忍不住開口說道。

「不是比較，是不甘，我沒有斬妖除魔那種熱血，畢竟這世間因果紛繁纏繞。可是，我卻知道一生所學，不能坑害世人，建餓鬼墓的那個人，為一己私利，根本不管後果如何，他的一生所學就是為了自己，他人如何，是不會去管的，哪怕這人間生靈塗炭也無所謂。我們這個部門存在，有時不止是為了防鬼怪，更要防人啊。」說話間，師傅的神色顯得非常疲憊，可能餓鬼墓給他的刺激太大了一些。

「姜爺，道術還能害人？」酥肉忍不住問了一句。

「若心術不正，道術比給小孩兒一把手槍還危險，若說起害人，如果心術不正的人，偏偏道法高明，他可以弄得生靈塗炭，這樣的事，不是沒發生過，古往今來，一直存在，不過也一直有像我們這樣的人存在，阻止罷了。」師傅歎息了一聲。

「那餓鬼墓那人的目的是什麼？師傅，你就詳細地講講吧？」我的心也在顫抖，酥肉不瞭解，可是我瞭解。就說簡單的陣法，我要是有心在別人門前擺個聚煞氣的陣法，就可以害得別人一家雞犬不寧，如果我喪心病狂，只求今生形而上掙脫因果，不管來世，確實還可以做更瘋狂的事。

學道之人，最怕心術不正，他的所學確實可以殺人於無形。

「目的？呵呵，目的？不談目的，只能說，他失敗了，這個墓被他扔下了，餓鬼蟲如果傾巢而出，他也是不會管這個後果的，就算那不成形的餓鬼王出現在世人面前，估計他也只是樂得看戲。餓鬼王沒用，鬼母自然也沒用，一切都被他扔下了。只不過為防被有心之人查到，他設了一個局，殺人滅口不留線索而已，這次進餓鬼墓，如果不是我預感不好，事先帶著一張你師祖留下的符，我們會全軍覆沒的。」我師傅沉重地說道。

我倒吸一口涼氣，那人竟然強悍到如此地步，連我師傅都被這樣算計，還得靠師祖的符逃出

餓鬼墓？

師傅好像看出了我所想，說道：「不是他厲害，是那古屍厲害，接近千年的古屍，幾乎不存在多大的弱點，至少以我的手段對付起來會極其吃力，三娃兒，你永遠要記得，殭屍一旦沒有處理好，個個都很難對付。」

「為啥？」

「因為殭屍特殊，除了怕火，幾乎不怕其他的肉身傷害。它不存在魂，唯有兩魄而已，所以玄術的攻擊效果也有限，而且力大無窮，特別是年深日久的殭屍，行動上也很敏捷。你想，你面對一個刀槍不入，力大無窮，動作還快的傢伙，不危險嗎？」

師傅對殭屍的描述，讓我和酥肉都覺得有些害怕。

我忍不住問到：「師傅，殭屍就沒有怕的東西嗎？就沒弱點？」

「殭屍當然有怕的東西，只不過民間傳說那些，大多沒用，而且對付才成形的殭屍有一定克制作用，對付厲害的，可沒用。它的弱點？如果你能打破它的後腦勺，或者打斷它的脊椎，就可以打死它，不過脊椎你幾乎不想要，因為它的身體本身就很強悍。另外，道家的手段倒是有很多，不過需要時間準備，最直接的就是封它一口陽氣。」師傅簡單地跟我說道。

畢竟玄術說起來可就長了，對付殭屍啥的，說起來也是長篇大論，至少我明白，對付殭屍，手訣幾乎是沒有用的，因為它沒有魂，深藏了兩魄而已，肉身太強，要毀它的魄，不知道要多強悍的法力，才能支撐手訣。

「姜爺，那意思就是你們把殭屍放出來了？然後大戰了三天三夜？」酥肉想想就覺得可怕，畢竟師傅他們是三天後才回來。

確切地說，是三個晚上，兩個白天。

「不是那麼簡單，我們是從那條裂縫下去的，原本的古墓不知道是誰建的，墓藏於陣法之下，開出那個縫隙的估計就是在墓之上修建餓鬼墓的人，他的確是個高人，尋找的位置，恰好是個陣點，如果不開那條縫隙，去破陣法的話，幾乎就要花費幾天的時間，才能進到古墓。」我師傅淡淡地說道。

「師傅，你這麼說，我想起了一件事兒，這個古墓曾經有個盜墓賊下去過，後來被困死在一間石室，就是那個縫隙的下面。」我趕緊說道。

「這就是天意，其實那間縫隙下的密室是唯一安全的地方，那個盜墓賊真的有些本事，找到生門入墓，逃跑的時候，還能找到唯一安全的地方。但是還是得感謝天意，他先遇見了在墓裡遊蕩的燭龍，而不是先開棺，否則這一帶，會變成新的無人區。」師傅沉重地說道。

「那個殭屍到底是什麼？這麼厲害？師傅，你真是和它大戰了三天三夜？」我也驚呼出聲了。

第六十七章　三日驚魂

「大戰三天三夜？開什麼玩笑？你去和一個不死不傷，力大無窮的傢伙大戰三天三夜試試？」師傅斜了我一眼，有些好笑地說道。

「那到底是咋回事兒，你說吧，師傅！」我也急了。

「那個墓裡有殭屍，是我早有預料的，因為那裡是養屍地，還記得那片竹林嗎？你們知道野生的竹林如果沒人去動它，它是慢慢越來越大的，週邊常常有鄉里的人去砍竹子，我們就不說了，可是你們發現沒，夾中間那片兒墳地，竹子咋也長不過去，地上連草都沒兩根兒，除了荒墳，幾乎是一片荒土。」師傅悠悠地說道。

「嗯，我記得。」那片荒墳我怎麼可能忘記，師傅一說，我的確想起來了，那片兒墳地沒啥植物存在。

「這只是判斷養屍地的最簡單的方法，聚陰陣，養屍地，我當時就知道這裡面一定有問題，後來就挖出了餓鬼墓，一般面對這種問題，能夠低調解決當然是最好，所以我祭出了師傅的符，那是一張銀色的天羅地網符，絕對能夠封死餓鬼墓，只可惜，人算不如天算……」說到這裡，師傅停頓一下子。

是啊，如果能夠這樣封死餓鬼墓，就算是最好的解決辦法，破壞聚陰陣，斷其陰氣，配上天羅地網符，徹底地把外界也封死，那些餓鬼卵是會慢慢死掉的，至於殭屍，師傅說過，不沾生人氣兒，也不會醒來。

「封墓十年，只要封墓十年，裡面的餓鬼就會全部死掉，我囑咐過胡雪漫，十年之後，開墓，燒掉墓裡棺材就行，哎……」師傅還是為這件事情歎息，畢竟是活生生的兩條人命啊。

「姜爺，那是餓鬼王厲害，還是殭屍厲害？」酥肉問道。

「當然是墓裡的跳屍厲害，它已經脫離了黑白殭煞的範疇，成為了跳屍，原本我以為最多是一具白煞，沒想到啊……至於餓鬼王，打散它的餓鬼魂，或者封住它的餓鬼魂，還是比較容易對付的。」師傅簡單地跟酥肉解釋道。

但什麼跳屍，什麼白煞的，我們完全不理解，師傅也沒有要說的意思。

「這就是一個局，你們一開始碰到攔路鬼，是因為你們三個小鬼頭，那攔路鬼欺負你們，就出現了，面對我們下去的時候，那攔路鬼自然是遠遠地避開了，如果它出現倒也好，至少可以引

起我的警惕。畢竟時間很緊，那麼多生人一進餓鬼墓，如果不早早處理餓鬼卵，那些餓鬼卵可是會加速孵化的，到時候我也處理不了。」

接著，師傅給我們細細地講明了餓鬼墓裡的一切。

在我腦子裡，也終於理清楚了事實，這確實是一個很厲害的局，就是為了滅殺後來人，不懂行的還好，懂行的一定會踩入這個局。

因為懂行的，最後一定會去尋找鬼母，不管是出於什麼目的，都會去找，師傅詳細地說了，鬼母非常奇特，在感覺到自己的後代死亡到一定界限的時候，就會再次產卵，如果不找到鬼母，滅掉再多的餓鬼卵，也沒用。

所以，這就是這個局的開始，用魅靈布疑陣，為的就是爭取時間，師傅他們在消滅餓鬼卵的時候，鬼母一定是有感覺的，產卵不現實，但是可以喚醒餓鬼王。

我、酥肉、凌如月就是倒楣的三個人，餓鬼王正好在被喚醒的階段，我們三個闖了進去，就加速了這個過程，所以，我們活該遇到它。

但也不得不說，這是給了師傅他們一個契機，如果不是我們誤闖到古墓裡去，到時候，餓鬼王和那啥跳屍一起醒來的話，後果就不是死三個人了。

而且這個局最重要的地方在於，餓鬼王的培育室在古墓內，鬼母也在那裡，餓鬼王要成長，就需要血食，越厲害的血食，餓鬼王也就成長得越好，那條燭龍雖然厲害，偏偏牠鬥不過陰險的餓鬼蟲，鑽肚子裡怎麼鬥？

況且蛇是冷血動物，我不瞭解燭龍，但我知道，蛇是會長眠的，這更給了餓鬼蟲機會。

於是，那條燭龍就成了食物，養大了餓鬼王！

我不知道那人培育餓鬼王的目的是什麼，但是師傅說了，在發現目的不能達成之後，餓鬼王就被一種秘法給封住了，除非鬼母呼喚。

至於那棺材裡的跳屍，師傅在處理完一切之後，探查過，把棺材砸開一點兒縫隙，不僅是為了方便鬼母飛進去，更是為了提升供養殭屍，那個需要陰命之人的鮮血倒入棺材，然後墓頂在避開陽光的地方，砸出一絲兒縫隙，月華，聚陰陣的陰氣……

所以，那殭屍就被生生提升為了跳屍。

在開棺的時候，師傅沒注意這些，只是用繩結鎖住了開棺兩個戰士的陽氣，不讓殭屍沾染陽氣，也就沒問題。為了防備，師傅在通過那棺材上的縫隙，還灑了大量的糯米進去壓屍。

可師傅沒料到的是，棺材裡的殭屍早就被人養成了跳屍，而且是活屍，不是說開棺之人鎖住陽氣就行了，糯米也壓不住它，只要墓室內有一點兒生人氣，這殭屍都會瞬間起屍。

跳屍有多厲害，我不知道，可是我師傅說了，在殭屍起屍之後，就暴起傷人，那兩個開棺的

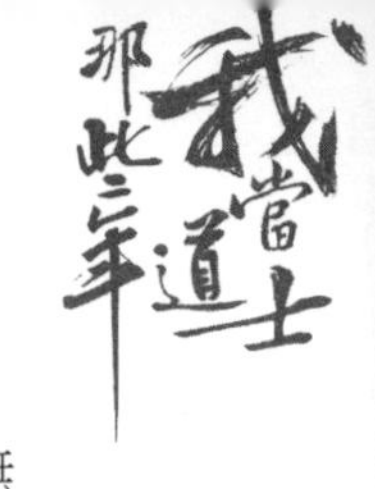

無辜戰士，瞬間就被那跳屍抓破了胸口，抓出了心臟。

殭屍吃血食，是很正常的，在一般的情況下，殭屍比鬼物厲害，恐怖很多倍。

當師傅反應過來以後，跳屍已經再傷了一個離得最近的戰士，好在那戰士反應快，避開了跳屍鋒利的爪子抓向心口的那一擊，但是肚子也被生生地抓下了一塊肉，而且跳屍身上有屍毒，確切的說是一種病毒，陰性的病毒。

那戰士當時就不行了。

在慌忙間，師傅只能衝上去，用一張封陰符，封住了殭屍的口鼻，但是由於事先沒料到是跳屍，所以那張符紙只能封住那跳屍最多一分鐘。

在這一分鐘裡，鬼母也開始呼喚餓鬼王，慧覺忙著用糯米幫那戰士拔屍毒，而凌青奶奶根本就沒有預料到這種情況，她的蟲蟲對於殭屍幾乎是無用，她沒有帶克制殭屍的蟲蟲！

那種蟲蟲，是要陽性極烈的蟲子。

這一分鐘，師傅用紅繩拴住了跳屍的四肢，然後繫在了自己的心口處。

這樣，殭屍就只能感覺他一個人的生氣，就只會跟著他。

餓鬼王是凌青奶奶用蟲蟲滅掉的，幸好在之前，餓鬼王已經受傷，我師傅的鎮魂陣，已經傷了它的魂魄，原本是留待慧覺去超渡的，在那種情況下，只能生生的殺死它，打散它全部的魂魄。

花飛飛就專門傷人魂魄，凌青奶奶那裡，有比花飛飛更厲害的。

講到這裡的時候，我師傅說了一句：「知道我為什麼用了三天嗎？是因為我要把跳屍帶出墓去，才能滅殺它，沒有任何針對殭屍的法器，物品，但憑功力，我殺不了它。」

我無法想像這其中的驚險，我只知道在滅殺餓鬼王以後，那些戰士就回去了，害怕生氣太多，最終被那跳屍查覺，那墓裡最後就只剩下我師傅、凌青奶奶、胡雪漫，還有慧覺。

師傅帶著跳屍，是一步步的從墓裡走出來的，跳屍在行走的過程中，要不停的用各種辦法去鎮，每醒來一次，師傅就是面臨生死考驗，還不能斷了那紅繩，否則後果不堪設想……

在鎮的過程中，慧覺出力最多，當走出墓室的時候，他是幾乎虛脫了。

最嚴重的地方在於，我師傅他們根本沒辦法走近路，既然是跳屍，它的關節是僵硬的，跳比跑快，可是太高的地方它跳不上去，師傅他們不能選擇從縫隙那裡上去，只能去破陣……

而且上面的餓鬼墓，他們也不能從原路返回，只能走正門。

這就是為什麼耽誤了三天的原因。

我和酥肉都一頭冷汗，我師傅帶著一頭跳屍，在墓裡幾乎是不眠不休的，慢慢走了三天！

第六十八章　女人

「師傅，正門不是一塊大石門嗎？你們咋出來的，出來之後呢？而且你用的什麼紅繩，可以綁住殭屍跟你走啊？」我是心疼師傅的，也才知道他們為什麼會那麼疲憊，沉默了半天，才想起去問這些問題。

「先出去的人，已經上報了上面，那石門是用炸藥炸開的，早就已經清理好了，至於綁住殭屍的紅繩，和我平日用的紅繩並無不同，在於的是那個結法。殭屍沒有視覺，觸覺幾乎也沒有，聽覺也不存在，關了這幾覺，它的嗅覺卻分外強悍，一點點生氣都逃不過它的鼻子，但無論它的嗅覺怎麼強悍，所有的感覺最終是靠靈魂來分辨判斷。殭屍沒有魂，只有魄，我鎖住了它的魄，留一絲縫隙，全部繫在了我的心口，心口是生機最旺盛的地方，它就只能感覺我的存在。」師傅解釋道。

不過，他還是頓了一下，再次解釋到：「我曾經說過，陰陽相依，殭屍肉身強悍，它留下的兩魄自然也有強悍，殭屍也可修，修完整七魄，最後修出魂，我沒有完全的把握，時間也緊迫，所以才讓人全部都上去了，一來是為了炸開大門，二就是怕生氣太多。」

殭屍那麼厲害？我簡直無法想像。

「是怪我粗心啊，當時一心想抓住鬼母，我沒有注意到在棺材頭擺放的特殊供香，還有一碗已經乾枯的白飯，還有一碗雞血，這是上供殭屍的東西，我竟然沒有發現啊！如果我再細心點兒，我還能發現墓頂被砸開了一絲，這樣也能……」師傅的話裡全是悔意，他很在乎那兩個戰士的生命。

「師傅，你說過，命定的東西改不了，這是命，你也無能為力的啊。」我在旁邊勸解道。

「只怪我不是那相字脈，看不出血光，不管是不是命，我是他們身亡的因，我已經跟胡雪漫說過了，以後我的津貼全部分給兩個戰士的家人，三娃兒，我們以後要過苦日子了。」師傅苦笑著對我說道。

我倒是不在乎，說道：「怕啥，師傅你曾說過，有因必有果，你以後的津貼給他們是應該的，這是果，你得擔著，要是苦點兒，我們就去當神棍去。」

「哈哈，臭小子……」師傅笑了，使勁兒地揉了揉我腦袋，這是他回來以後，第一次開懷大笑。

酥肉在旁邊跟著傻笑，笑了半天才想起來問：「姜爺，你倒是說說啊，那跳屍咋滅的？」

「殭屍怕陽光，雖然跳屍超越了這個範疇，不過陽光對它卻總是有克制作用的，忘記門口那個大陣了嗎？誅殺一切陰邪之物，它只要出了墓也就沒問題了。出墓的時候是最危險的時候，因為跳屍對陽光本能的畏懼，會讓它發狂，我也細說不來，只能說，最後要感謝你慧爺那一腳，把跳屍生生地踢了出去。」師傅簡單地說道。

話說簡單，可是我能想像其中的驚險，一不小心就有生命之危，師傅只是不願細說罷了。

酥肉倒是沒想那麼多，反正我師傅人站在他面前呢，他就覺得萬事兒大吉，他還是忍不住問了一句：「慧爺還有這一手？他是武林高手？」

這小子武俠小說看得入迷，有這一問也是正常。

師傅笑眯眯地望著酥肉，說道：「天下武功皆出少林，你覺得呢？」

「我×，我咋就讓慧爺走了啊？他不是要收徒弟嗎？我該拜他為師的啊，這樣我不成高手了？哎呀，哎呀……」酥肉惋惜不已，連連歎息。

我卻在第一時間想通了慧覺老頭兒為什麼老愛吃雞蛋的原因。練武之人，消耗很大，肉類含有豐富的蛋白質，他不能吃肉，就只能吃蛋補充了，不然身體也扛不住。

其實，發展到現在，有很多武僧也是吃肉的，當然限於「淨肉」，窮不習武，確實是有道理的。

只是，我還是忍不住一頭冷汗，我師傅的身手我是知道的，不管是為了健身還是什麼，總是習得一些武藝的，現在我也知道了慧老頭兒會少林功夫，那他們……

我想起了他們打架的場景，慧老頭死死地扯住我師傅的頭髮，我師傅則扯住他的鬍子！算了，我忍了，我不想想下去了，不知道的，還以為兩個潑婦在打架。

就在我入神的時候，我師傅已經打破了酥肉的美夢，說道：「就算慧覺在這個地方，他也不可能收你為徒弟的。」

「為啥？我沒緣分嗎？」酥肉急吼吼地問道。

「緣分，有啊，你不是也認識慧覺嗎？但是，你想，你捨得那大塊大塊的肉嗎？你捨得以後一輩子都不找女人嗎？慧覺就是個瓜娃子，女人多好啊，乾乾淨淨的，漂漂亮亮的，他不懂這風情。」我師傅一本正經地說道。

我差點去撞牆，我很想跟酥肉說，這不是我的師傅，可是一想也對啊，女人多好啊，幹嘛不找女人？就像我大姐二姐，漂漂亮亮的，身上永遠比我香……

但我忽然又一頭冷汗，我咋會這樣想？莫非我已經成了師傅那種人？我不敢想像有一天，我蹲在大街上看女人的樣子，我忽然覺得未來很灰暗。

但是我這樣想，不代表酥肉也這樣想，他已經笑得眼睛都眯了起來，貌似憨厚地跟我師傅說道：「姜爺的話有道理，其實女孩子還好……我還小嘛，我就是捨不得不吃肉。」

我恨恨地望向酥肉，指著他說道：「你娃兒少耍賴，你明明跟我說了，你喜歡劉春燕的。」

「三娃兒，你那麼激動幹嘛？」酥肉嚇一跳，然後他馬上用一種近乎於猥褻的眼光望著我，說道：「三娃兒，你是不是想女人了？然後那麼激動啊？」

我臉一紅，嘖，咋就被酥肉猜中了心事？可不容我反駁，酥肉一下子站起來，蹭到我耳邊，悄悄地說：「沒事兒，我們大男人，不害羞，我有好東西，《少女的心》啊。」

「啥心？」我沒反應過來。

可此時我師傅已經在旁邊偷聽到了，一腳踢在酥肉屁股上，吼道：「不許帶壞我徒弟，你個臭小子，也不許學壞，把那《少女的心》上繳給我，真是的，現在的孩子咋這樣！」

酥肉捂著屁股吼到：「姜爺，三娃兒都沒聽清楚，你咋知道少女的心的？你咋知道我們要學壞？難道你知道它是那啥小說？我不給，我辛辛苦苦抄的。」

我瞬間就明白了酥肉的意思，這就是男人無師自通對某些東西敏感的本能吧。

其實，我很想看那啥心。

第二天，是一個天晴的好日子，我和師傅的心情都很不錯，當然是在面對午飯以前。

那伙食的水準比起以前，瞬間就下降了。

「三娃兒，咋想起做肉沫兒青椒的？」師傅這樣問道。

「師傅，那是青椒肉絲，你沒去買肉，我就將就剩下的做了，你不說沒津貼了嗎？我想後院的魚也得節省著吃，師傅，以後你打獵沒打來東西，我們就不吃肉了，要節省。」我愁眉苦臉地說道。

我師傅愣住了，半天才吼道：「三娃兒，所謂開源節流，你不能只節流，不開源啊，節流的作用在開源的後面，不是說你節省，我們就有錢了！」

「師傅，你要我去工地做苦力嗎？」我有不好的預感，也在計算做苦力一天有多少錢。

「做個屁的苦力，你……你……你先找你爸媽要些吧，到了北京，我們再想辦法。」姜老頭兒臉一紅，他沒啥存款，就我們師徒兩個這個吃法，比起普通人來說，也真的算是奢侈，而且姜老頭兒還愛收藏，可想而知……

「那好。」我一聽一陣兒輕鬆，總比做苦力好一千倍。

「順便也給你爸媽道個別吧，我們要離開了。」姜老頭兒忽然低聲地說道。

第六十九章　此去經年(1)

我不知道咋去面對我媽哭腫的雙眼，也不知道該不該去看我爸紅通通的眼眶，兩個姐姐沉默著，淚水也在眼眶裡打轉，只因為我師傅說了一句：「有空會讓三娃兒去找你們，但是不能告知你們我們在北京哪裡。三娃兒註定了不能和家人多團聚，至少等他三十九歲以後再說吧。」

這不是我師傅無情，而是我命中註定的，如果貪戀親情，只會害我家人背上更多的因果，會害了他們。

我家人都知道這個道理，也都敬重我師傅，不會有半句怨言。

只是這捨不得，是無論如何也壓抑不了的感情。

家裡的氣氛有些沉默，也有些壓抑，這是我和師傅下山之前就預料到的了，在昨天商量了回家的事以後，我一直忐忑不安，可終歸還是要面對。

「三娃兒，等會兒你到家之後，一切由我來說明吧，這樣會好些，到時候，你記得別哭，儘量淡然一些，積極一些，免得你爸媽心裡更難受。」這是師傅在下山的時候對我吩咐的話。

儘管此刻，我已經難過得不敢面對我爸媽了，但是我依然強忍著，做出一副很淡定的樣子，我想開口安慰，說點兒什麼，可是我不敢開口，怕一開口，眼淚就掉下來了。

我爸重重地咳嗽了一聲，我媽忙不迭地起身，去了裡屋，過了一會兒，我看見我媽已經洗了把臉出來了，手裡是厚厚的一疊錢。

那個時候沒有一百元的紙幣，大團結（十元）就是最大的面額，所以這一疊錢真的很厚。

我媽把那一疊錢塞到了姜老頭兒手裡，說道：「姜師傅，這些年來我們除了給三娃兒交學費，偶爾添置一點兒衣服，三妹兒的吃穿用度都是你在操心，這間鋪子是你幫忙開的，那錢你一直不要我們還，所以這次該是我們回報了。現在我和他爸寬裕了，兩個女兒又讀了大學，國家幫襯著，這一萬塊錢，你拿著吧。」

一萬塊，這在當時是一個很了不起的數字了，人們形容富裕人家的形容詞兒，都是萬元戶，可想，這錢是有多麼的多。

我師傅不說話，只是不停地在數錢，數好一部分之後，他遞還給了我媽：「秀雲，老陳，我只要五千，這五千我已經很不好意思了，多的我就不解釋了，畢竟吃穿用度是有一些花費，還有三娃兒在外地讀書……」

其實，我知道，師傅為我每晚熬的藥湯，都是挺昂貴，他是擔心我斷了藥，否則他連五千都不會要。

我媽一定要把剩下的五千都塞回師傅手裡，可是我師傅卻動了真怒地拒絕了：「錢，難道沒辦法賺？他跟著我，就像我兒子一樣，你們就放心好了。我知道這些年，你們賺了一些，但是新開的店子需要周轉，留下，再一定給我，我就生氣了。」

我爸媽是很怕姜老頭兒生氣的，只好訕訕地不說話，收回了錢。

後來我才知道，那一萬元幾乎是我爸媽的全部積蓄了，連進貨的錢都貼了進去，準備困難找鄰居借點兒的。

師傅吃了午飯就回山上了，他讓我在家裡住三天，三天以後再回山上找他。

我明白師傅的苦心，他是想我再陪陪我爸媽。

那三天，我強忍著悲傷，儘量裝得很開心，跟我爸媽講一些趣事兒，也斷斷續續地講一些餓鬼墓的事兒，他們很愛聽。

看見他們專心聽的樣子，我覺得心裡更痛，天知道，兒子是多麼想陪在你們身邊，哪怕只是每天放學回來，跟你們說說學校裡的瑣事兒都好，儘管比不起餓鬼墓啊，鬼啊之類的精彩，但我覺得幸福。

那三天，我儘量把我媽做的每一盤菜都吃得乾乾淨淨，我媽愛看我狼吞虎嚥的樣子，我就做給她看，只要她開心，就算我有時難過得吃不下去，我也吃。

那三天，我陪我爸釣魚，一坐就是一下午，儘管在以前，我對釣魚這件兒事情，是如此的不耐煩。我還陪我爸下棋，儘管我在山上，已經練就了一手好棋藝，我爸爸棋下得很爛，我都還是陪著，很開心地陪著。

那三天，我陪我兩個姐姐逛街，哪怕她們只是看看不買，我都耐心的陪著，我喜歡她們挽著我走在街上，我也喜歡她們甜甜地笑著問我：「三娃兒，這件好看嗎？」

每晚，我都親自為我爸媽打洗腳水。每晚，我都會去和我大姐，二姐聊天……

我無法用語言表達出我有多愛他們，我就只有多做一些，再多做一些，我忽然間就明白了子欲養而親不待的哀傷，我也忽然間就明白了，血濃於水。

偶爾睡不著的時候，心裡也會苦澀，有一種說不出來的淒涼，我要什麼時候才能再吃到媽媽做的菜，我要什麼時候再能讓爸攬著我，說聲又長高了……

三天以後，我離開了，這一別，不知要多久，才可以一家團圓，由於師傅不透露位址，我和家人連寫信交流都不可以，這有多麼無奈，我不知道，只是一想到為人父母，連兒子在外面是什麼情況都不知道，就覺得揪心。

我媽什麼也沒多說，只是一包大大的行李交到了我手上，我知道裡面有她緊急為我添置的一年四季的衣服，她說兒子去北京了，不能穿得太丟臉。

當我接過行李後，我媽就進屋了，我知道她哭了。

我的兩個姐姐都分別緊緊地擁抱了我，眼淚都糊在了我臉上，在後來我才發現，我的衣兜裡被她們不約而同地塞了錢，加起來都三百多塊，我知道那是她們省下來的零用錢。

這錢對於沒工作的人來說，絕對不少了，我那兩個漂亮的姐姐自己都不愛打扮，原來早就存了為我離開而省錢的心思。

我細心的二姐，還特別寫了一張小紙條，上面寫著：「去北京，別虧待自己，怕你沒錢買零食，傻傻的望著，就丟臉了。」

當我看見的時候，我想笑的，我那麼大了，哪裡會傻傻的看著零食發呆？只是不知道怎麼的，一滴冷水，就把那張紙條打濕了。

是我爸送我去車站的，他早早的就推出了自行車在等我，當我給媽媽她們告別完畢的時候，我爸習慣性地拍拍自行車的後座，說了聲：「來吧，兒子，上車，以後爸爸老了，就不知道還能不能騎得動了。」

我不哭，我不能哭，我把牙齒都咬痛了，才強裝出一個笑臉，假裝開心地蹦上了我爸的自行車後座，曾經有多少個週末，他就這樣載著我回家，只是下一次，他還能不能載得動？嗎？

想起這個，我的心都因為忍眼淚在顫抖，我的爸爸媽媽，我再見他們的時候，他們就老了

冬天的風，吹起了爸爸的頭髮，我分明看見了好些白髮，我的眼淚終於大顆大顆地往下掉。

「三娃兒。」爸爸蹬著車，在說話。

「嗯。」我一把擦乾了眼淚，想儘量正常地說話，可是聲音還是忍不住顫抖。

「曉得男人為啥比女人老得快，比女人辛苦嗎？」

「為啥？」

「因為男兒有淚不輕彈，就是流血，也別輕易哭。有那哭的心情，不如混出個人樣兒來，更好！這是爸爸的希望，曉得不？」

「曉得了。」我點頭，我知道我爸爸知道我哭了，他在變著法子安慰我，也在提出對我的希望，希望我在北京不給陳家丟臉。

「其實……」我爸爸的聲音停頓了一下。

「其實啥？」

「其實老漢也很想哭。」爸爸忽然加快了蹬車的速度，我看見他快速地抹了一下眼睛。

第七十章 此去經年(2)

回到山上的時候，我猶自沉浸在悲傷的心情中不能自拔，卻發現師傅早已在竹林小築所在的山谷口等我，默默無言的，師傅接過我手中的行李，使勁地拍了拍我肩膀。

「離別苦，苦在以後的日子思而不能得，念而不能為，但若彼此感情真摯，這因果總是不能斷的，就算今生無果，來世也總是要糾纏的，三娃兒，有些事不要只看眼前，一條路總是有人陪伴，有人離開，但也許在下一個路口，離開的人就在那裡等你。」師傅沒有回頭，只是默默地走在我前面低聲地說道。

思而不能得，是想念著卻不能相守，擁有。念而不能為，是牽掛著卻什麼也做不了。是的，離別苦，離別能把任何的感情都變成一件無奈的事情，如何不苦？

但師傅也提醒我，需要告訴未來的是，因果的糾纏並不要只看眼前，長長的路，也許是今生今世，也許是生生世世，有著因果的人，總有一天是還能在一起走一段路的。

望著師傅的背影，我那忍了許久的悲淚，終是徐徐落下，滑過臉龐，但在那一瞬間，陰霾的心情總算有了一絲陽光，未來，是可以期待的，何苦執著於眼前。

走到熟悉的竹林小築，我卻發現陌生了一些，仔細一看，原本種在院子周圍的一些草藥不見了。

「師傅，那些……」我忍不住開口問道。

「哦，既然是要離開了，那些草藥我已經叫人分給村裡的村民，不是什麼值錢的東西，平日裡有個三病兩痛的，泡個水喝也總是好的。」師傅頭也沒回地走回了竹林小築。

望著滿地的坑窪，一絲落寞又爬上了我的心頭，人總是渴望展翅高飛，當時當真的要離開熟悉的環境，那種無依的落寞還是會出現。

跟隨著師傅走進竹林小築，卻發現裡面除了幾件簡單的傢俱，竟然已是空空蕩蕩。

「師傅，這……？」早有心理準備，卻還是忍不住發問，好像到了今日一切都是捨不得。

「東西我已經叫人搬下山去，已經有助理先行一步，把一些東西帶到北京那邊，今天我們就再在竹林小築住一夜吧。」師傅淡淡地說道，眼神分外平靜。

或許這種流離不羈的生活，師傅已經習慣，我曾經聽他感慨過，在這個偏僻的小山村，卻是他一生待得最久的地方，也和我過了最平靜的一段歲月。

也許在於師傅來說，平靜的歲月是一種很奢侈的東西，但是曾經擁有過，也就夠了，何必去執著地苦苦追尋，想著念著我要過平靜日子？

道法自然，一顆自然之心就在於，無論歲月給你的是什麼，你都坦然去接受，去經歷，去體會，而不是去逃避，強行地想著，自己必須過怎樣的日子。

放下我的行李，師傅走過來，和我一起坐在了竹林小築的長廊前，曾經有很多個日子，我們就是這樣坐在長廊前，聽著這風吹竹葉的聲音，看著山下的山村裊裊的炊煙，直到夜色漫天。

「為啥還要住一晚？」我輕聲問到師傅。

「為了你的告別，你小子的心性我最是瞭解，在離別，感情的事情上總是做不到乾脆，我又何必不成全你。」師傅說道，習慣性地想要去端茶，卻發現哪裡還有什麼茶杯。

我沉默，師傅是瞭解我的，我的確在很多事情上真的做不到乾脆俐落。

輕歎一聲，我的眼光落在這小小山谷的每一個地方，小瀑布下的水潭，潺潺的小溪，到春初已是嫩綠的草地，還有那清幽的竹林，每一個地方都是我的回憶，我在這裡笑過、鬧過、傷心過，疲憊過，它們陪伴著我走過了這段歲月……

「三娃兒，今天怕是沒辦法開伙了，餓著？還是我們厚臉皮去蹭飯吃？」師傅忽然開口問道。

「廢話，當然是去蹭飯吃。」我大聲地說道，其實我是想再去看看這生我養我的地方。

「哈哈，我也是這麼想的，三娃兒，你還記得那次我們去蹭飯，吃的豇豆湯飯？我好想再吃一次。」師傅笑著說道。

我咋可能會忘記？就是那一次，我聽到了一個淒美的愛情故事，並為之惆悵了很久，那時年紀小，不懂得什麼情情愛愛，現在已經十五歲了，雖說沒有體會過情愛，倒也能咂摸出一絲滋味兒來了。

師傅是個乾脆之人，既然做了決定，便和我大踏步地向山下走去，我們聊起了那個老奶奶，就在前些日子領藥打蟲時還見過，倒也算是鄉場裡一個長壽的老人了。

到了山下，再次回到我熟悉的小山村，我跟師傅說想要回家去看看，已經過了很多年了，為免觸景生情，我總是不去我家的老房子，明天就要離開，無論如何我是想要去看看的。

很快，我和師傅就走到了自家的院前，一把大鎖鎖住了大門，鎖上已經鏽跡斑斑。

我掏出一把摩挲得有些發亮的黃銅鑰匙，手忍不住有些顫抖地打開了那把大鎖。鑰匙發亮，是因為常常把玩，鎖生鏽，是因為終究沒有勇氣去打開那扇門。

足足搗鼓了一分鐘，我才打開了大門，只因太久沒有動過那把鎖，鏽得厲害，才如此吃力。

一開門，一股子生黴的灰塵味兒便撲鼻而來，我忍不住打了一個噴嚏，可是再一次看見這個熟悉的小院的時候，我還是忍不住心在顫抖。

此刻，它是我熟悉的小院，可它卻已經陌生，因為在這裡，已經沒有了我媽媽忙碌的身影，我爸爸開朗的笑聲，我和姐姐們瘋玩的模樣，它雜草萋萋，那麼淒涼。

我走過這小院的每一個角落，每一個角落都充斥著回憶，這裡銘刻著我和家人唯一能相守的童年歲月，它在我的心中不可磨滅。

廚房，曾經升騰的每一股炊煙都是家的溫暖，我彷彿看見媽媽在喊：「三娃兒，莫在院子裡瘋了，來洗手，準備吃飯了。」

廳堂，全家圍坐在一起吃飯的地方，也是冬夜守著火爐一起談笑的地方，我彷彿聽見爸爸在說：「三娃兒，你這個期末再給老子弄個倒數的成績，老子打不死你。」爸爸終究沒捨得打死我，但是我卻真的要離開了。

爸爸媽媽的房間，姐姐們的房間，我的小房間……我彷彿再次看見，大姐又捏我的臉蛋兒，二姐在旁邊笑眯眯地剝好一顆顆葡萄，塞進我的嘴裡。

這一路佈滿了灰塵和蜘蛛網，撲面而來的是老舊而腐朽的氣息，可我看見的全是一幕幕的回憶。

我發瘋般地跑到院子裡，一路驚起了許多的不知名的蟲子，甚至還有一條草蛇，我都無心顧及，只是站在院子裡的井口發呆，井水沒有乾涸，向下望去，水質依舊清澈，這裡，這裡是唯一沒有變的地方。

「三娃兒，走罷。」師傅在大門口站著，始終不曾開口，到了此刻，看見我呆呆地望著井水發呆，卻終於提醒我該走了。

我沒有哭，甚至我的悲傷也已經淡去，這些回憶是我的，我擁有過，它是我生命不可剔除的部分，我有什麼好悲傷的，長長的路，我們曾經相伴一起走過。

「師傅，等一下。」我大聲地喊道，然後撿起了一塊兒小石頭，在院子的牆上使勁全身力氣，反覆地刻畫出了一行字。

爸媽，姐姐，我愛你們，在心裡，我們永遠在一起，不分開。

——陳承一

第七十一章　此去經年(3)

「師傅，這酥肉家有好大的櫻桃樹，小時候每年結果的時候我們都要去糟蹋一番。」走過村裡的每一處，我總是忍不住跟師傅說起一段往事，這時，正好經過酥肉家。

「哦？明天走，不和酥肉說說？」師傅笑眯眯地問道。

我沉默了一下，說道：「你說我和酥肉以後總會再見，就不說了。」

「好。」

「師傅，這劉春燕不在呢，這個寒假也沒看見她，聽說縣中補課補得早。」

「以後劉春燕再給你寫信，你收不到了哦。」

「你咋曉得劉春燕給我寫信的？」

「酥肉說的。」

「狗日的！」

「師傅，小時候我掰包穀，就愛來這片兒田，這家種的包穀最好吃。」

「師傅，這個水溝，我小時候最愛在這裡泡水……」

「師傅，我在這片兒小竹林裡打過架，是放學後約好單挑的……」

在一幕幕的回憶面前，我和師傅不知不覺已經走到了鄉場，師傅問我：「要不要到學校去看看？」

「學校就不去了，現在也沒什麼人，像學校這種地方，總是要有人，才屬於一個回憶的地方。」

「那好，咱們去蹭飯吧。」

還是那個老太太家，這一次，正巧趕上中午的時候，她們一家四代同堂地吃著飯，很平常，但是氣氛格外地溫馨，我和師傅兩個不速之客也受到了熱情的招待，因為上次打蟲藥的事兒，鄉場的人記得師傅。

特別是老太太還念叨著：「你來我家吃過飯，我還不曉得你是個郎中喂。」

飯是簡單的四季豆燜飯，裡面加上些土豆，細小的臘肉，非常香，幾個小菜，簡單卻勝在新鮮，吃的人連舌頭都想吞下去。

我大口大口地吃著飯，那老太太忍不住說道：「娃兒喂，你慢點兒，你爺爺上次不是說你有

啥子噴飯病啊？」

「咳……」我一口飯就噴出來了，這老太太記性咋這好，連我師傅胡扯的事兒都能記得，幸好我及時轉頭，不然得噴別人一桌子了。

那老太太擔心了，喊自己媳婦趕緊地給我倒水，還一邊念叨著：「看嘛，看嘛，犯病了，幸好你爺爺是個郎中哦。」

我「怨恨」地望了姜老頭兒一眼，他大口大口吃飯，一副不關我事兒的樣子。

那時的詞彙不豐富，要換現在，我一定會「拍案而起」，指著師傅大罵一句，你妹的噴飯病！

這頓飯吃得非常開心，連我心中的離愁別緒都沖淡了不少，老太太還給我們講起一件兒新鮮事兒，說是鄉里前天來了兩個人，很富貴的樣子，還是鄉領導陪著的，說是要找人。

「找哪個？」我師傅問道。

「我也不曉得，不過看樣子好像沒找到，鄉裡頭那些領導曉得啥子嘛？要問我們這些老人家才曉得，不過我想肯定會來問我們的。」那老太太得意洋洋地說道，那樣子就等著別人上門來問似的。

離開老太太家，我和師傅就在鄉場裡轉悠，我說：「師傅，去餓鬼墓那裡看看吧，那邊的事兒解決了，我還是想去看看，九死一生的地方啊。」

「也行，過幾天，考古隊就來了，我還等著一些資料到時候給我，墓裡的一件兒東西被帶走了，那個很重要，我們去轉轉吧。」

說著，我們師徒二人就朝著餓鬼墓的方向走去，趕巧不巧的，就遇見了鄉裡面的領導。

一行幾個人，陪著一對好像是夫妻的人，正在往餓鬼墓那個地方走，一邊走，一邊還在說著什麼。

那鄉長知道我師傅身份不凡，自然是要熱情地打招呼的，見到我們兩個，那鄉長就過來了，一邊熱情地握住了我師傅的手，一邊說道：「姜師傅，真巧，還正好有事兒想找你，就不知道哪裡找啊。」

「啥事兒？」我師傅打量著那兩個陌生人，有些不明就裡。

那兩個人，穿著什麼的，都很時髦，男的斯文儒雅，女的頗有氣質，一看就是大門大戶的人家，而且是大城市的，那男的緊緊地抱著懷裡一個黑色的皮包。

「我來介紹一下再說……」那鄉長開始熱情地介紹。

在介紹完畢以後，我們才知道，這兩個人，真的是一對夫妻，從臺灣來的，那個時候從臺灣過來一次是非常不容易的，他們是來找人的，找不到人，找後代也行。

只不過，他們前天來的，到現在也還沒找到人，或者什麼後代，有些焦急，讓我師傅幫忙，是因為鄉場上過世的人，以前大多葬在那個竹林，後來轉移了，是我師傅負責的。

他們是想打聽打聽，那片兒墳地裡，有沒有埋葬過他們要找的人。

聽完介紹後，師傅問道：「你們要找誰？」

那男的非常誠懇地和我師傅握了一下手，說道：「我是來完成我奶奶的願望的，我們想找一個叫李鳳仙的人，她以前是非常出名的戲角，但聽說後來回到了這個小村子。」

「李鳳仙？」我和師傅同時驚呼出聲道，那段悲涼的愛情故事，我們是沒有忘記的。

「怎麼？姜師傅認識李鳳仙？她在哪裡？可以帶我們去嗎？」那臺灣人激動了，一下子緊緊地抓住了我師傅的手。

還是他的妻子提醒了他的失態，他才不好意思地解釋道：「姜師傅，李鳳仙對我奶奶來說，是一個非常重要的人，不瞞您說，我奶奶到死都不快樂，她唯一的願望……」

那男人說不下去了，我師傅則望著他說道：「你奶奶是不是叫于小紅？她去世了？她在臺灣？」

師傅曾經得到過于小紅的照片，並依照著于小紅的樣子紮了紙人，燒給李鳳仙，可是他也得知，後來全國就找不到于小紅這個人了，原來去了臺灣。

「你怎麼知道的？」那臺灣男人吃驚了。

「算了，跟我來吧。」師傅長歎了一聲。

這晚了整整八年啊，可是這李鳳仙終究還是等到了于小紅……

淒淒孤墳，幾炷清香，告慰的，到底是活著的人，還是死去的人？

我望著在墳前悲戚的男人，心裡也不免生出一種世事無常的感慨。

原來那男人緊緊抱著的黑色皮包裡，裝的竟然是于小紅的骨灰罐子，在傷心了過後，那男人望著我和師傅說道：「你們知道我奶奶和李鳳仙的故事嗎？」

我師傅點點頭，說道：「我知道。」

「我也是奶奶在十二年前要過世的時候才聽說了這段故事，我奶奶是個很好的人，也是一個很優秀的人，我很尊敬她，我也尊敬她的感情。她死後唯一的願望，就是我們能帶著她來找李鳳仙，活著，就見見，如果去了，她希望能和李鳳仙葬在一起。但是，我們不知道……只是我奶奶很堅定，她說一定能葬在一起的。」那男人有些顧忌地說道。

我明白他的顧忌，他不知道李鳳仙最後的結局，他在顧忌萬一李鳳仙有了家人，和奶奶葬在一起，不是很壞規矩嗎？這個是很忌諱的，他也不明白奶奶為什麼如此倔強，也如此堅信。

我師傅回頭讓鄉領導們先回去，有些事情在那個年代還是不能說得太多，然後在鄉領導他們

回去以後，我師傅開口告訴了他們，李鳳仙的結局。

那兩夫妻同時聽得淚流滿面，也同時深深地朝著李鳳仙的墳前，鞠了幾躬。

「我說奶奶為什麼一直不快樂，她說給她平靜的生活，換個方式護著她，她們……」那男人說不下去了，那女人也在旁邊抹著眼淚。

「老公，奶奶和鳳仙奶奶下一世，一定會在一起的。」女人安慰道。

「嗯，一定可以的。」那男人也堅信的說道。

有個念想也好，我師傅根本沒告訴他們，其實李鳳仙化身厲鬼，早已因果纏身，一旦了願，就已魂飛魄散了，哪裡還有下一世，這個世界，哪怕上窮碧落下黃泉，也根本找不到李鳳仙的蹤跡了。

八年，只是晚了八年，李鳳仙沒等到八年以後，于小紅回來長伴於她，這世間的因果為什麼會如此苦澀？

她們可以同葬一穴了，可惜，再也沒有那個會在墳上唱戲的靈魂，對著淒淒夜色，唱著：「良辰美景奈何天……」

多年以後，我偶然聽見一首叫《葬心》的曲子，當那纏綿悱惻，淒清冷淡的歌詞唱起：「蝴蝶兒飛去，心亦不在，淒清長夜，誰來拭淚滿腮。是貪戀點兒依賴，貪一點兒愛……」我就會想起李鳳仙和于小紅的故事。

那一句，人言匯成愁海，辛酸難捱，是如此的深刻，可也道不盡也世間的因果糾纏。

終於，我和師傅離開了，那一個早晨，同樣是下著綿密的春雨。

沒有人相送，也沒有人知道，我和師傅就這樣離開了，這片兒村子日子還得繼續過下去，也許他們會記得我和師傅的存在，也許過了段日子也就淡忘了。

可是，我卻不能忘記，因為這裡是我的根。

在很多年以後，我聽酥肉說起，他曾很沒出息的在鄉場的車站蹲著大哭，只因為他在我和師傅離開的那天跑上山去，就發現已經人去樓空了，他跑到車站，已經是晚上，他抱了一點點希望能看見我們，可是晚上空無一人的車站，哪裡還有我們的影子？

「三娃兒，你個狗日的，當時走也不和我說聲，我以為我不在乎分開的，可TM還是沒出息的哭了，我到車站的時候，你在幹啥？」這是酥肉給我說起的一段話。

可我已經不太記得那個時候我具體在幹嘛了，我就記得，在火車上的一個下午，師傅忽然跟我說：「三娃兒，火車開出四川了。」

我一下子滿心的淒涼，終於，我還是離開了。

（卷四《餓鬼迷霧(下)》完）

高寶書版集團
gobooks.com.tw

DN 161
我當道士那些年（卷四・餓鬼迷霧(下)）
作　　者　仐三
編　　輯　蘇芳毓
校　　對　許佳文
排　　版　趙小芳
美術編輯　宇宙小鹿
出　　版　英屬維京群島商高寶國際有限公司台灣分公司
Global Group Holdings, Ltd.
地　　址　台北市內湖區洲子街88號3樓
網　　址　gobooks.com.tw
電　　話　(02) 27992788
電　　郵　readers@gobooks.com.tw（讀者服務部）
pr@gobooks.com.tw（公關諮詢部）
傳　　真　出版部　(02) 27990909　行銷部 (02) 27993088
郵政劃撥　19394552
戶　　名　英屬維京群島商高寶國際有限公司台灣分公司
發　　行　希代多媒體書版股份有限公司/Printed in Taiwan
初版日期　2013年9月

國家圖書館出版品預行編目(CIP)資料

我當道士那些年（卷三・餓鬼迷霧(下)）／仐三著 -- 初版. -- 臺北市 :高寶國際出版 : 希代多媒體發行, 2013.9
面；　公分. -- (戲非戲161)

ISBN 978-986-185-904-0(平裝)

857.7　　102015297

GOBOOKS
& SITAK
GROUP
©